悪しき愛の書

LIBRO DE MAL AMOR

フェルナンド・イワサキ

八重樫克彦　八重樫由貴子 訳

作品社

悪しき愛の書

驚嘆しつつも考え込んだ。ご婦人方に奉仕できる術《すべ》はないものか。四六時中そのことを考えた。彼女たちを胸に抱き続けてきたが、自分自身を誇らしく思ったことはない。私が報われることのなかった理由は何なのだろうか？

イータの首席司祭　フアン・ルイス

本来ならば手の届かぬ存在だったはずなのに、届かせてくれた
マルレに。

君を知らずに死ぬとしたら、僕は死なないことになる。
なぜならば、僕は生きてこなかったことになるからだ。

ルイス・セルヌダ

どれだけ僕が君を愛してきたか、誰も知るわけがないけれど
君は知っているだろう。いまだに僕が君を愛していることを。
僕は孤独な人生を歩むしかないのか？
君が望むなら、そうするつもりだが。

レノン&マッカートニー

時折、夢で過去の自分に戻ることがある。
慕る思いや郷愁の念をはるかに超えて
どこか見覚えのある奇妙な場所を巡る。
そこでは、かつて愛した懐かしい顔が
自分のもとを訪ねてくるのだ。

アベラルド・リナーレス

愛している。君がその言葉を口にしてくれたなら、
不安と喜びに苛《さいな》まれつつ
一夜を明かしたとしても
その思い出だけで、わたしはほかに何も要らない。

ホルヘ・ルイス・ボルヘス

目次

いつもほかの男と去っていった僕の愛《いと》しき戦友たち
――もしくはスペイン版第三版・メキシコ版初版への序文

《私はこれまで多くの男であったが、その腕の中でマティルデ・ウルバッハが気を失う、あいつにだけはなれなかった》このボルヘスの一節は長年、僕の人生を歌ったランチェーラだった。本書『悪しき愛の書』では、僕の人生を通り過ぎていった幾人ものマティルデたちに、僕が〝いかに泣かせられたか〟、その顛末を綴《つづ》っている。言うなれば〝忘れ得ぬ思い出《アマルコルド》〟だ。

悪しき愛はさまざまな言語で、偉大な文学作品を生み出してきた。とはいえスペイン語における悪しき愛に目を向けると、唯一たったひとりでも成立してしまう性質を備えている気がする。たとえばロシアの悪しき愛にしても、フランスやイタリア、英語圏の悪しき愛にしても、ふたりあるいは三人、四人、時にはそれ以上の人物を要する場合が少なくない。したがって『ドクトル・ジバゴ』の悪しき愛で熱くなるチリ人男性だっているに違いない。『パルムの僧院』における悪しき愛に触れても、主人公ファブリス・デル・ドンゴほど苛まれぬベネズエラ人男性だっているはずだし、『デカメロン』の悪しき愛を大いに楽しむパラグアイ人男性だって無数にいるだろう。しかしながら僕らの言語、スペイン語での悪しき愛に限っては、なぜか孤立無援の戦いの上、唯一敗北が保証された選手として臨むのがほとんどだ。

それゆえに悪しき愛にうってつけの歌は、必然的にスペイン語で歌われることになる。アルゼンチンのタンゴ、スペインのコプラ、ペルーのワルツといった具合に、どの音楽も男を憐れむが、中でもメキシコのランチェーラは秀逸を極めている。ところで、〝その腕の中でマティルデ・ウルバッハが気を失う、あいつ〟とは、いったい誰のことか？　当然ながら、ボルヘスの短篇小説の主人公の〝もうひとりの自分〟などではなく、僕らが惚れた娘を見つめる一方で、彼女からもじっと見つめられている自分を十分意識している男たちのこと。つまりは僕ら自身の〝もうひとりの自分〟などより、はるかに危険な連中だ。なぜなら僕らの愛しき娘を連れ去っていくのは、決まってそんな男たちなのだから。そんなわけで『悪しき愛の書』は、僕の中を駆け抜けていった愛しき娘たちの、忘れ得ぬ記憶のバラード集なのである。

二〇一一年春、セビリアにて

F・I・C（フェルナンド・イワサキ・カウティ）

絵空事への弁明
——もしくはスペイン版第二版・ペルー版初版への序文

愛が生まれたのは、ホモ・サピエンスの最初のカップルが、ともに洞窟で暮らすことに決めた瞬間だという意見がある。確かにそのとおりかもしれないが、僕にはむしろ、ホモ・サピエンスの女が、男に初めて〝ノー〟と言った時に、愛が生まれたと思えてならない。そこからプレゼントやセレナーデ、お世辞や洞窟画、最初の詩が生まれたのではなかろうか。〝賢い人〟と呼ばれるホモ・サピエンスが、愛というものを理解していたかどうかは不明だ。しかし、そんな彼が恋に落ち、何をどうすればよいのかわからなかった。五十万年経った現代でも、基本的にその時感じた戸惑いは変わっていない。

とはいえ、進化論に則《のっと》って、人類が何か進歩したと考えるとすれば、笑いの要素が挙げられる。今やヒトは自分のまぬけぶりや、ばかげた言動を笑い飛ばせるようになったではないか。愛が独りよがりの芝居であれば話は別だが、幸か不幸か他者が登場するコメディゆえに、あらゆる演技、歯の浮くような言葉さえ盛り込むことができる。だから僕は、いっそのこと本書『悪しき愛の書』が、隣人にユーモアを広めたかどで、いずれ書店から撤去されることを密《ひそ》かに期待している。

ところでユーモア本は人生の指南書なのか、それとも文学書なのか？　これは実に奥深い問いかけだ。古代ローマの詩人ウェルギリウスの『牧歌』第八歌に、双方の意味に取れる一節がある。《ニーサがモプソと結婚するとなると、彼女を愛するわれわれには何が期待できるのだ？》傍観者である僕らには文学でしかなかったとしても、ニーサとの結婚を夢見る当事者たちにとっては、ウェルギリウスのこの詩は最良の指南だったことだろう。

モプソがニーサのハートを射止めるに至ったのは——ここが肝心かなめ！——、たとえハンサムでも、金持ちでも、魅力的な男でなくても、彼女を笑わせられたからに違いない。この小説がユーモアの告白になってくれたら幸いだ。なぜって？　〝笑う門には福来る〟というではないか。

二〇〇六年春、セビリアにて

F・I・C（フェルナンド・イワサキ・カウテイ）

プロローグ
——スペイン版初版への序文

賢明な読者はすでにお気づきかと思うが、本書のタイトルは、イータの首席司祭ファン・ルイスが〝世の愛に狂えし者たちが罪を犯すべく用いる方法、あるいは詭弁に見えなくもない美辞麗句を世に知らしめた〟名著『よき愛の書』をもじったものだ。とはいえ、僕は一度だってイータの首席司祭の優秀な弟子だったことはない。なのに僕は数々の失恋で痛手を受けるまで、この『よき愛の書』が、完璧な恋愛手引書だと信じ続けていた。ファン・ルイスの格言は万人に通じるものではない。にもかかわらず次の一節は、節度ある男性信者らを煽《あお》り、ドン・ファン、カサノヴァ、ルビロサ▼1といった後継者を輩出してきた。

商売女も堅気《かたぎ》の女も、世慣れた女も世間知らずの女も、恋に溺れ、分別を失い、目が完全に曇ってしまった。

年とともに気づいたことがある。僕ら内気な男子は、必ずしも主導権を握ったり、上品な物腰の紳士を目指したり、女性を誘惑する必要はない。なぜなら人は——男も女も——誘惑する側と誘惑される側の二種類に大別される。僕が誘惑することに失敗したのは、自分が誘惑される側の人間だったためだ。スペインの哲学者バルタサル・グラシアンも言っているではないか。《あれこれ小細工してみても、悪いものは悪いまま》と。

けれども僕の記憶の中には、手の届かなかった女性たちが——僕の嘆きの大理石より、はるかに硬かった女性たちだが[2]——大勢息づいている。どの娘も、僕が夢の中でしか話しかけることができなかった高嶺の花たちだ。だが今回、ついに勇気を奮い、文章で彼女たちと向き合った。過去のつけを精算するためではない。僕と同類の誘惑される側の人間が僕の失敗談から学ぶために、あるいは人々が僕の暴走ぶりを笑えるためにだ。そんなわけでこの『悪しき愛の書』は、僕の中に巣くう悪魔を追い払う祓魔師《ふつまし》ではなく、むしろ天使たちと手を携えてもらう役割へと昇華させ

▼1　プレイボーイで有名な三傑、十七世紀スペインの伝説上の漁色家ドン・ファン・テノーリオ、イタリアの放蕩児ジャコモ・カサノヴァ（一七二五‐一七九八）、ドミニカ共和国が誇る好色男で〝甘い生活〟に生涯を捧げた、ポルフィリオ・ルビロサ（一九〇九‐一九六五）。

▼2　スペイン・ルネサンス期を代表する叙情詩人ガルシラソ・デ・ラ・ベガ（一五〇一‐一五三六）の詩の一節《わたしの嘆きの大理石よりも硬い》から。

ることができた。

純真な読者諸君、どうか目を見開いてほしい。間違っても経験豊富な神父の詩など鵜呑みにするな。〝どれだけ勇ましい美女であっても醜女《ブス》であっても、男は口説き落とせる〟なんて事実はどこにもないのだから。

第一章　カルメン

愛は粗野な男を繊細にし、
寡黙な男に美しい言葉を語らせる。
臆病者を大胆に振る舞わせ、
怠け者を迅速かつ鋭敏にさせる。
『よき愛の書』156節

オンダブレ海岸は、ペルー軍将校御用達の保養地になる以前、上陸作戦の訓練場だったに違いない。というのも、今では眠気を誘うだけの避暑地は、かつて機動演習用の荒地や薄暗い射撃場、使い古しの塹壕、水陸両用作戦の秘密部隊、騒々しい空軍基地に囲まれ、時折そこから飛び立った戦闘機が、無防備なアシカを狙い撃ちしていたからだ。仮にその殺伐とした海岸に攻め込む輩《やから》がいたとしても、たちまち馬蹄形の断崖から応戦されて全滅したことだろう。だからこそクリオーリョ〔中南米生まれのスペイン人の子孫〕の戦争ごっこの舞台ではなくなった。こんなネズミ捕りのごとき場所に突撃をかけ、自殺行為に及ぶ敵などいやしない。ところが僕は、幸か不幸かその難攻不落の地を、自分の恋の前哨戦の場に選んでしまった。

七〇年代初頭、パパは毎年夏になると、その保養地に別荘を借りるようになった。もっとも別荘とは名ばかりで、狭苦しい二部屋に家族全員がひしめく――ママが嘆くわ嘆くわ――小さなバンガローだ。軍用地の名残か、レストランやカフェテリアは早めに閉まり、プレイルームや共有スペースも、シンデレラの時間（午前零時）には消灯する。ロケーションがロケーションだけに、軍隊生活でも送っている気分だった。僕も含むよい子の避暑客は、消灯時間になると訓練兵よろしく、バンガローという名の兵舎を目指し、果てなく続く上り坂を歩いて戻っていく。翌日以降も繰り返される、単調な日常が約束された寝床に向かって。

まだ女の子たちへの関心が芽生えぬ時代には、僕はそんな軍隊式の休暇にも不都合なく耐えていた。しかし九歳を迎えて[▼3]彼女たちに奇妙な眩惑を感じ始めて以来、消灯時間や夜間のパトロール、家族との食事などの有無を言わせぬ義務を煩《わずら》わしく思うようになった。女の子たちの傍に寄るたび、当時流行していたテレビドラマ『ギリガン君ＳＯＳ』に出てくる映画スターのジンジャーや、『それ行けスマート』の女スパイ・エージェント99、『スタートレック』のカーク船長を誘惑する悪女たちを見た時と同じ蟻走感と、好奇心と苦悶をないまぜにした、何とも言えない感覚が引き起こされる。卓球場で目にした女の子たちの何人かをレストランなどで見かけると、僕に気づいて声をかけてくれないか（〝あなた、今朝卓球をやっていた人よね？　一緒に食べましょ

▼3　詩文集『新生』で、ダンテ（一二六五‐一三二一　フィレンツェ出身の詩人・哲学者・政治家）が初めて美少女ベアトリーチェに会い、恋に落ちたのは九歳とされている。

うよ〉と、心底祈ったものだ。だが、悲しいかな奇跡が起こるはずもなく、僕はみずから彼女たちの注意を引くことにした。

　まずは卓球場で対戦相手を翻弄するべく、サーブの腕を磨いた。次いでバックハンドの一撃で相手を刺す日本式攻撃法と、相手の強烈なドライブを巧みに相殺する中国式防御法、最後に敵のスマッシュにカウンターをお見舞いするタイ式反撃法をマスターした。破壊力と瞬発力、集中力とアジア流オノマトペ攻撃（アチョー！）を結集すれば、僕が死ぬほどお近づきになりたい女の子たちをメロメロにできるかもしれない。案の定、僕が最初のライバルに圧勝したところを見て、ラケットを手にした女の子が、やや気取った口調で「わたしと対戦する？」と訊いてきた。僕は僕で、にやけそうになるのを抑えて、わざわざ渋面で応じ、挑戦を受け入れた。それから数分間、彼女の黄色い声と僕のブルース・リー風ジャンプの間で激しいラリーが展開した。ところが軽率にも僕は、試合に熱中しすぎてコリアン式バズーカ砲を彼女の目に命中させてしまった。その夏、僕を気にかける女の子はひとりも現れなかったが、少なくとも僕の存在だけは認知されたらしい。もっとも、どの娘も「キャア！　狼少年エディ・マンスター▼4が来るわ!!」と言って逃げ出してしまったが。

　翌年、僕はマリソルという女の子が好きになった。でも、彼女の傍では、どうも自分がドジで退屈な人間に思えて仕方がなかった。それに、僕より年上の男子たちがマリソルに言い寄っていて、彼女の方もそちらに惹かれていた。おそらく僕は、ひと言も声をかけられずに、ただ彼女を見つめていただけだったと思う。自分よりもずっと体格がよく自信満々で、タバコも吸えばバレーボールもやり、親の車を乗り回し、隠れてクーバリブレ〔ラム酒のコーラ割り〕を飲んでいる彼らに、かなうわけがないのではないか。そんな僕の自問は、シーズン最後の晩、さよならパーティーの会場で現実と化した。マリソルはみんなと踊っているのに、僕は彼女と踊りたいと視線で訴えることすらできずにいた。ちょうどその時、アメリカのロックバンド、ブレッドのヒット曲が流れてきた。メロディアスな歌に後押しされ、当たって砕けろという心境で彼女をダンスに誘った。マリソルが面倒臭そうにため息をついたのを覚えている。それでもめげずにダンスフロアに出たが、踊り始めて二分ともたなかった。会場は爆笑の渦に包まれた。それまで絵でしかダンスを見たことがなかった僕は、自分の左手を彼女の肩に置き、右手で彼女の手を取り、『原始家族フリントストーン』のフレッドみたいに、不器用に腰を揺するしかなかったためだ。それからマリソルは自分の席へ、僕は虚しく自分のベッドへと戻っていった。その夏もまた、僕のことは語り草となった。

▼4　一九六〇年代にアメリカで制作された人気ホラーコメディ『マンスターズ』に登場する、マンスター一家の息子。

三年めの夏ほど、僕が休暇に向けて準備したことはなかった。まずはダンスを覚え、むせながらもタバコを嗜《たしな》み、バレーボールとビーチクリケットを練習し、ついにパパからおんぼろのフォード・ファルコンの運転許可を得た。ところが夏も近づいたある日、ママがオンダブレ海岸には行きたくないと言い出した。蚊やブヨがうようよしていては、生まれたばかりの弟を連れては行けない。ママが行かないとなると、妹たちも行かないだろう。そうなれば僕の夢は脆《もろ》くも崩れ去るのみだ。ところが捨てる神あれば拾う神ありで、パパが兄のゴンサロと僕、弟のミゲルの三人で夏じゅうバンガローを使えるよう取り計らってくれた。残りの家族は週末だけ訪れるという。それは予期せず舞い込んだ幸運だった。

一月の初《しょ》っ端《ぱな》から僕ら三兄弟は、保養地の王さまだった。他の男子たちと違って、家族から干渉されずに好き勝手に振る舞えた。僕らのバンガローは深夜の〝解放地区〟と化し、毎晩のように開かれたコンパで僕はカルメンと知り合った。華奢《きゃしゃ》な体、褐色の肌、猫のような目を際立たせる美しいまつげと眉は、ホメロスの叙事詩『イリアス』に出てくる諸々の女神、ムーサたちを思わせた。でもカルメンは十三歳で、僕は十二歳にも満たない小僧だった。したがって、プールで溺れるカルメンを救助し、その後ニノ・ブラボ▼5のバラードを彼女のために歌って捧げるという、およそかなうはずのない夢を思い描くしかなかった。

その年の夏、僕らのグループからカップルが誕生する気配は微塵もなかった。結局は、異性が気になって仕方がないくせに、相手の心を平気で無視できる、そんな若者たちが集《つど》った結果でもあった。マリオ（カルメンの兄）はロクサーナが好きなのに、当のロクサーナ（十八歳ぐらいの将軍の娘）は彼が同い年だからと相手にしない。マリオはマリオで、ロサリオ（ロクサーナの妹）が彼に夢中なのを知らない。十五歳のロサリオなど眼中になかったのだろう。その一方、ロサリオに首ったけのニコラスとゴンサロ（どちらも十四歳）は、彼女を振り向かせることに心血を注いでいるが、彼らに対するロサリオの冷淡な態度は、十三歳の初《うぶ》な魅力で、何とかニコラスとゴンサロを惹きつけようとあがく――おお！　わが麗《うるわ》しの――カルメンが味わっているのと同じものだ。そして彼女よりさらに幼稚な十一歳の僕は、オンダブレ海岸のけだるいプールサイドで、ターザン風の冒険恋物語を夢見るだけで満足していたのだった。

そんなわけで、その夏の第一週めは、恋愛面で目に見える進展は何もなかった。ところがある日、マリオがロクサーナの心の琴線をわずかに揺るがすのに成功したのを機に、グループ全員が刺激される。彼が考え出した手は〝怪談〟だった。怖い話は夜間に限る。日暮れ時から集合し、深夜零時にクライマックスに達するよう持っていく。消灯時間で強制的に電気が切られた闇の中、ロウソクの炎だけが魅惑的な雰囲気を醸《かも》す。みんなで車座になって悪霊の呪いや悪魔との契約、

▼5　ニノ・ブラボ（一九四四‐一九七三）六〇年代後半から七〇年代にかけて、スペインで絶大な人気を誇った歌手。

幽霊などの怪談話で大いに盛り上がり、女の子たちを散々震え上がらせた末に、未明にお開きになると、それぞれのバンガローまで送っていく。その後僕ら男子は、自分たちが口にしたばかりの〝首のない兵士〟に出くわさないよう、恐る恐るバンガローへと駆け戻るのだった。

間もなく僕は、カルメンがこの手の話にめっぽう弱いことに気がついた。幼児のように怖がる彼女の反応を最大限に活用すべく、僕は極力彼女の隣に座るよう心がけた。僕の読みは大当たりだったと言える。カルメンは無意識に僕にしがみつき、鳥肌の立った手ですがるように僕の手を握ってきた。マツシタ家の呪われし伝説やロアイサ病院に伝わる修道女の物語、ホラーの定番である〝ヒッチハイクの女〟（道の途中でヒッチハイクをしていた女を車に乗せ、寒いからと上着を貸した男が、後日その女の家に行く。ところが母親から彼女は何年も前に死んだと知らされ、墓に行くと男の上着がかかっているという話）のさまざまなバージョンなど、身の毛もよだつ怪談が続いている間、こちらは天にも昇る心地だった。もっとも話のネタが尽きて同じ怪談が二巡、三巡し出すと、さすがにカルメンの恐怖も薄まり、子猫のように震える指で僕の庇護を求めることもなくなった。これはまずい。どうにか話題を一新し、再びタコみたいに心地よい柔らかさの（少なくとも僕にはそう感じた）カルメンの手を取り戻さねばと思った。

そこでまずは話をいくつもでっち上げた。周辺をパトロールしていた若い兵士のひとりから聞いたということにして、あちこちの兵舎にまつわる幽霊譚を語る。その際、ご丁寧にも架空の証言まで織り交ぜてもっともらしく脚色する。続いて、復讐すべくあの世から戻ってきた怨霊のエピソードを語ってみた。オンダブレ海岸のバンガロー周辺に夜な夜な現れては、人々を煩わせる地縛霊まで捏造した。そうすることでさらにみんなを魅了し、怪談話を盛り上げたと自負している。でも、僕がとりわけ満足感に浸ることができたのは、祖母の家のおぞましさに話が及んだ時だった。僕の記憶と想像力による描写で、リマ・リンセ地区にあった祖母の古い館が、みんなに地獄の断片を垣間見させる結果を生んだ。

真に受けやすい聞き手たちが仰天する前で、僕は得意になって語り聞かせた。「ウチのおばあさんの家はいつでも硫黄の臭いがし、おばさんたちの亡霊が四六時中うろついている。ギジェルミナという邪悪なメイドがいて、彼女はたんすの中に、山ほどピンが刺さったくたびれた人形を隠し持っていた……」と。そんな呪われた館で、僕が平然と眠っていたと聞き、カルメンがため息を洩らす。僕はささやかな達成感に浸った。兄ゴンサロが「おれを主役にした話をしないと、全部嘘だったとばらすぞ」と脅しさえしなければ、すべて順調に行っていたはずだった。ゴンサロの作戦は、薬が効きすぎてかえって仇《あだ》になった。僕が「ひいおばあさんの霊が、よくゴンサロにつきまとっている」と語ると、ロサリオは病原菌を避けるように、慌ててゴンサロから遠ざかってしまった。

するとマリオが、新たに恐ろしい娯楽を持ち込んだ。ウィジャ・ボード（こっくりさん）だ。最初にいかさまを仕掛けたのはニコラスだった。たった今呼び出した霊は、どれも乙女たちのもので、みな一様にニコラスを、グループ内で一番ハンサムで頭がいいと言っている。次いでマリオが、僕らのうちの誰かが将来、ここにいる女の子のひとりと結婚するだろうと、(呼び出したことになっている)霊に語らせた。それから僕が悪乗りし、オンダブレ海岸で溺死した男の霊を呼び出し、霊の言葉に耳を傾ける。幾度も失恋して身を投げた男の霊は、いつまでも煮え切らない僕らの態度にうんざりし、危害を加えたがっている。過去の恨みを引きずっていて、呪いをかけて僕たちを不幸のどん底に落とそうとしたが、幸いにも僕のアストラル体が放つオーラの輝きがそれを阻《はば》み、霊の方も断念することになったのだと説明した。僕の両手をひしと握り締めたカルメンの柔らかな手の感触と、感謝に満ちたロクサーナの微笑《ほほえ》みが、今でも忘れられない。

残念ながら、カルメンとの肌の触れ合いを包んでいた僕のアストラル体の輝きは、ある映画の到来によってかき消されてしまった。その名も『エクソシスト』。これにはウィジャ・ボードもひとたまりもなかった。怖いもの見たさとはよく言ったもので、怪談ごときにキャアキャア大騒ぎしていたみんなを虜《とりこ》にした。虜になったのは僕らだけではない。悪魔と憑依というオカルトめいたテーマが映画になるのは初めてのことで、ミイラや吸血鬼、狼男が登場するありきたりのホラー映画に飽き飽きしていた観客に、前代未聞の衝撃と戦慄を与えた。マスコミはこぞって、アルメリアやモザンビークなど、遠い国々で実践されている悪魔祓いの儀式を紹介。クスコにある部外者立ち入り禁止の修道院の独居房に、悪魔に憑かれた男が監禁されている件をすっぱ抜いたゴシップ紙もあった。ペルーの教会当局はメディアを駆使して映画を非難、よきキリスト教徒は鑑賞しないようにと勧告し、火消しに回ったが、逆に火に油を注ぐ形となり、『エクソシスト』は連日満員御礼の大盛況となった。

『エクソシスト』は〝PG14〟、つまり〝十四歳未満の鑑賞には成人保護者の指導・助言が必要な映画〟に指定された。ロクサーナ、マリオ、ゴンサロ、ロサリオ、ニコラスがシネ・パシフィコへの大遠征を計画する中、大人同伴でないと行かれないと知り、泣きわめくカルメンを慰めながら、僕は二重に喜んでいた。ふたりきりで居残れるばかりか、わざわざ映画に行かずに済むのだから。実のところ、彼女の前では勇敢に装っていたが、僕はその映画を観るかと思っただけで、おろおろするような小心者だった。顔面蒼白になったエクソシスト（祓魔師《ふつまし》）たちを前に、悪魔に憑かれた少女リーガンが茶色い泡を吹きながら不気味な声でしゃべり、首が独楽《こま》のように回るシーンの予告編だけでパニックに陥った。

年長者たちが映画館に行ったあとの数日間は、映画の話題で持ちきりだった。総毛立つ場面の数々を、何度となく再現しては聞かされた。そのたびに、リーガンやメリン神父をスクリーンで観たいというカルメンの願いは高まり、僕の不安は増すばかりだった。金曜日の朝食の間ずっと彼女は、危機に瀕したお姫さまのまなざしで、すがるように僕を見つめていた。その後彼女が、一生のお願いがあると切り出してきた時、僕は最悪の事態を予感して慄《おのの》いた。「『エクソシスト』を観に行くこと以外なら、何でもするよ」と言いかけたが、彼女に手を握られ「わたしを映画に連れてって。ウチの両親はふたりきりで行きたいと言うし、かと言ってひとりで行くのは許してくれない。『エクソシスト』が観られないと、わたし死んじゃう」と猫撫で声で請われては抗《あらが》えない。まさにアビラの聖テレサの心境だ。僕は生きていない。本当の意味で生きていない。本来の自分の人生を生きるために、命を賭けよう[6]。

　問題は僕らの年齢と言うよりは、むしろ僕の童顔だった。どんなにオーデコロンを振《ふ》り撒《ま》き、渋い顔をして背伸びしても、九歳に毛が生えた程度にしか見えない（実際にはもうすぐ十二歳になるところだったが）。年がごまかせないとなると是が非でも大人の同伴者が必要で、僕の頭に浮かんだ唯一の相手がナティおばさんだった。ナティおばさんはママの親しい友人で、僕の名づけ親でもある。どうしたら詳しい事情説明を抜きにして、おばさんを説得できるだろうか？　しかもそのことを、パパやママには秘密にすると約束させるとなると至難の業《わざ》だ。

　ナティおばさんは映画行きにはあっさり同意したが、『エクソシスト』には難色を示した。映画を観た人がショック死したと、新聞各紙が喧伝していたためだ。それで当初は、カルメンを口説くなら〝マリアッチが登場するような〟ラブロマンスの方がいいと意見していたが、最終的には好奇心が恐怖心に勝り、承諾してくれた。おばさんとしては母親よりも先に、カルメンの顔が拝めると踏んだようだ。その時点で僕は、ナティおばさんが、フェルナンド・デ・ロハスの小説『ラ・セレスティーナ』（一四九九年）に出てくる、やり手お婆《ばば》も顔負けのお節介焼きだということを頭に入れてなかった。

「まだ〝僕の彼女〟ってわけじゃないからね、おばさん」

「野暮なこと言わないで、フェルナンド。彼女が『エクソシスト』を観たいと言い張るのは、あなたと一緒にいたいからに決まってるでしょ？　それが愛ってものよ！」

　わが怪談のヒロイン、可愛い猫目の女の子、怖いもの知らずのカルメンの気を引きたいのは僕の方なのに。まさかそんなことだとは、さすがのナティおばさんも想像すらできなかっただろう。映画の入場券を買った瞬間、僕は悪魔に魂の一部を売り渡した気分だった。

　待ちに待った映画の当日、初めてカルメンを見たナティおばさんは失望したようだった（〝何よ、痩せぎすの洟垂《はなた》れ娘じゃないの〟）。何よりも、彼女が僕には不似合いだと判断したが（〝あなたの方がずっと魅力的よ、フェルナンド〟）、それでも使命感には燃えていた（〝映画の中盤であたしはトイレに立つから、その間に彼女にキスしちゃいなさい〟）。僕としては、オンダブレ海岸に戻ってから告白するつもりでいたが、ナティおばさんの言葉の魔力にそそのかされ、恐怖で満たされた心から勇気をひり出した（〝言葉で口説こうなんて時代遅れよ、おバカさん。あなたを見る時のあの娘《こ》の目、わからない？　とにかくあたしの忠告に従いなさい〟）。映画館内の暗闇

▼6　アビラの聖テレサ（一五一五‐一五八二　スペイン・ローマカトリック教会の神秘思想家・文学者）の神秘詩《わたしは生きていない／わたしは本当の意味で生きていない／本来の自分の人生を生きるために、命を賭けよう》を、自分は本当の意味で生きていない、それは片思いだからだと言って、恋の詩として使っている。この詩が飛び出すきっかけとなったカルメンの言葉「わたし、死んじゃう」は、もちろん、これ以上我慢するのは耐えられないという意味だ。

には、案内係のペンライトとカルメンの猫目、ナティおばさんの爪に塗られた蛍光色のマニキュアだけが光っていた。

　入念に準備を重ねた愛の告白ですら、しどろもどろになるだろうと思っているのに、今ここで心の準備を済ませて、すぐにでもカルメンにキスをするなど、とてもじゃないが無理だと思った。さらに悪いことに、映画のストーリー展開は僕に味方してくれなかった。リーガンの部屋で起こるポルターガイスト現象を目の当たりにしたカルメンは、すっかり怖《お》じ気《け》づいた。悪魔に取り憑かれた少女が金切り声を発する場面、首がぐるりと一回転する有名なシーンになると周囲の者と一緒にカルメンも息を呑み、猫の鳴き声のような叫び声を上げた。その時僕は、意を決してナティおばさんに、ひと思いにトイレへ行ってくれと頼んだ。が、緊迫した闇の中から、切れ切れに聞こえてきたおばさんの返事はこうだった。「今がいいところなのに、何を言い出すのよ、フェルナンド。たとえ米ドルの札束を積まれても、あたしはここから一歩も動かないわよ」

　スクリーン上のカラス神父がエクソシストの身分証を示すと、悪魔の凍りつくような息遣いが客席にまで降りかかり、カルメンは爪を噛んで、ナティおばさんは僕の腕にしがみついた。悪意むき出しの高笑い、忌まわしき吐瀉物、憑かれた少女の体に散布される聖水、そんな場面が出現するごとに、何度も夢見た僕の愛のキスはどんどん後回しになっていく。が、少なくとも僕の片手は彼女の片手に握られ、海辺のバンガローで夜ごとに繰り返された、怪談とウィジャ・ボードの夕べの再現にはなっていた。

メリン神父の死の場面に乗じて、彼女の指に唇を近づけ（その瞬間は永遠にも束の間にも感じられた）、次いでカラス神父と悪魔の対決を尻目に密かにキスをした。予期せぬ結末を前に、観客が悲鳴を上げる中で僕は、けっして面と向かって彼女には言えなかった愛の言葉をつぶやいた。

僕が館内の照明がついたことにも気づかずに、カルメンの手を握り締め、幸せに浸って呆《ほう》けていると、不意にナティおばさんの声がした。

「フェルナンドったら！　あたしがトイレに行くまでもなかったじゃないの、この色男！」

「どういうこと？」ラストシーンの興奮が、まだ冷めやらぬカルメンが訊く。

「ねえ、お嬢さん、ウチの嫁と呼んでもいいかしら？　何よりも映画館への誘いに応じてくれたのは幸いだけど、わたしの方はもう一度こんな映画を観たら、ショックで梗塞を起こしちゃうわ。さて、ふたりの前祝いにランチにでも行きましょうか」

「ねえねえ、あなたのおばさん、いったいどうしちゃったのよ？」カルメンが半ば放心状態の僕を乱暴に揺さぶりながら叫ぶ。

「ちょっと、洟垂れ娘！」カルメンの態度に突如ナティおばさんが豹変し、ふだんメイドたちに文句を言う時の口調で怒鳴った。「ウチの可愛いフェルナンドに何するの、え？　厚かましいったらありゃしない。さっきまで猫かぶりしていたと思ったら、今度は本性を表して尻に敷こうって魂胆ね？」

「何よ、この年増女！　おかしいのはそっちでしょ！　それに」わなわなと怒りに震えたカルメンは、ついさっき僕が口づけしたばかりの人差し指を、僕に突きつけて叫んだ。「あなたはもっと最低よ！　あなたなんかと一緒に海岸には戻らないわ。わたし、おばあさんの家に行くから」「あんたのばあさんには本当に同情するわ！」ナティおばさんは、まったく彼女に口を挟ませずに圧倒した。「念のために言っておくけどね、たとえあとから土下座して頼み込んでも、ウチのフェルナンドは二度とあんたのもとへは戻らないわよ。だから言ったでしょう、フェルナンド。この洟垂れ娘はあなたには見合わないって」

それがカルメンを見た最後だった。その後も毎年夏が来るたび、ささやかな期待を胸に初日からオンダブレ海岸へ行ったが、結局彼女に会うことはなかった。いまだにあの時触れた、彼女の柔らかな手の感触は記憶に焼きついている。地元の映画館で恐怖映画が上映されるたび、僕は彼女の姿を探し求めるようになっていた。『エクソシスト』を観に行ったあの日に僕が悪魔と結んだ契約を、破棄できるのは彼女だけだと思っている。

第二章　タイス

港から離れた先で、私は困惑させられた。
低木付近で出会った牛飼い女に、まずは名を尋ねる。
“チャタって言うの。
男を虜にする激しいチャタよ”

『よき愛の書』952節

妹のマリア・リラがクラス写真を見せ、「どの娘《こ》がいい？」と訊いてきたのは、確か僕が十三歳の頃だったと思う。正直なところ、僕にとってはどの子もみんな――ガビも、セシリアも、ルシアーナも、アンヘリカも、エリカも――よかったが、なぜか妹は、僕がルイス・マリアを気に入るはずだと言い張った。ルイス・マリアはレヒーナ・パシス校の赤い帽子を被って、とても可愛らしく写っていた。妹の同級生たちは僕の幼い恋心を満たしてくれた。ママが占星術師のような口ぶりで「フェルナンドはマリア・リラの友達と結婚することになりそうね」と口にしてからはことさらに。僕はしばしば、妹が鏡台の二段めの引き出しにしまっていた写真を取り出しては、そこに何らかの兆《きざ》しめいたものが感じ取れないかと自問しつつ、表面をさすりながら、女の子たちの顔をしげしげと眺めたものだった。

その当時妹は、友達との集まりがあっても、夜間のパーティーまで居残るには年齢が低すぎた。

そこで僕は、夕刻時に彼女を迎えに行くママの車に同乗し、会場から妹を連れてくる役割を引き受けた。ローションを顔に染み込ませ、長袖シャツを着て、念入りに髪までとかして、マリア・リラの友達が扉を開けるや、僕に魅了されるさまを思い描く。ところが僕の内に宿る何かが、そんな幻想を濁らせてしまうのか、玄関の呼び鈴に一歩一歩近づくにつれ、僕の顔はしかめっ面《つら》になっていくのだった。おそらくはテレビや映画に惑わされ、ニヒルな方が女の子たちの気を引けるのだと思い込んでいたのだろう。呼び鈴が鳴って押し合いへし合い扉を開けた女の子たちには目もくれず、僕は眉をひそめて妹だけに告げる。「急げよ。ママが車で待ってるぞ！」足早に車に戻る僕の背後で、クスクスという笑い声と、テレビアニメ『パップちゃんとスイートおばさん』に出てくる犬の声で、僕の言葉をまねしているのが聞こえた。次回から〝パップちゃん〟と呼ばれかねず、実に決まりが悪かった。

自分でも、なぜそんな愚かな姿を演じてしまったのだろうかと、何度も自問した。僕が本当になりたかったのは、女の子たちにお世辞が言える優しいお兄さんだったのに。また、自宅でマリア・リラの誕生日会が開かれるたびに、僕は闘牛士のごとく時間をかけて服装を整え、臭いものに蓋をするようにオーデコロンを振り撒く。その上で、牛にとどめを刺すマタドールのいわくありげな笑みと流し目、魅惑的な渋面を、薬箱についている鏡に映しながら何度もリハーサルした。

写真に写っていた美少女たちが僕の部屋をノックして、どうか僕にも居間へ降りてきてほしいと頼む。僕はやや気難しそうな表情を浮かべ、ダンディに斜に構えて気前よくウインクをして応じ、彼女たちをうっとりさせる。階下に降りた女の子たちはマリア・リラに、あなたのお兄さん、いい匂いがするわと耳打ちするというのが、僕が描いたシナリオだった。しかし現実は痛ましいほどにそれとは似ても似つかぬもので、誰も僕の部屋にやってくることもなく、ハッピー・バースデー・トゥー・ユーの歌の時にだけ顔を出した僕に対し、嚙み殺した笑いが残るだけだった。あんな可愛げのない女の子たちの中のひとりが、やがて僕と結婚する。どうすればそんなことが起こるというのか？　のちほどママを問い詰める自分が、恥ずかしくもあり情けなくもあった。

妹が通っていたキリスト教系の学校は新設校だったため、校舎の一部はまだ建築中だった。それで修道女たちは頻繁に、ビンゴ大会、ダンスパーティー、バザー、小旅行、スポーツ競技会、日曜日の仮装舞踏会といった催しを企画した。目的は当然、寄付金を募ることである。僕としてはそういった夜会が嬉しくてたまらなかったが、先ほど述べた作戦ゆえに、たえず眉をひそめ、レモンを丸ごとかじったような、渋い顔をして会場に臨んでいた。

間もなく自分と同世代の男子——僕と同様、妹がその学校に通っている兄——たちが、レヒーナ・パシス校の閑散とした中庭を、所在なくうろうろしているのに気づいた。みな萎縮して女の子たちの輪の中に入っていかれないのだ。動物の中には草を食《は》むメスたちを見守り、外敵を威嚇して歩き回るオスもいるそうだが、メスに近づけぬまま、誰もいないセメント張りの空間を見守るなど、人間のオスにしかできない芸当だ。居場所がなくてうろつく兄たち。それぞれが女の子たちからないがしろにされていたからこそ、孤立していた者同士が奇妙な親近感で結ばれる結果を生んだ。

温厚そのもので朗らかなカルリートの戦術は、女の子に等しく微笑みかけること。優秀だけど恥ずかしがり屋のロベルトは、哀愁漂う雰囲気を醸すことに終始する。カルリートと僕は、学校が同じだったため、半ば友達のようなものだった。一方ロベルトとカルリートは、どちらの父親もペルー医学界を代表する麻酔医だったことから、すでに顔なじみとなっていた。彼らの父親は、頻繁に大きなパーティーを企画しては、参加者たちをうならせているとの評判だった。僕らは共同戦線を張ることに決め、それぞれの持ち味を結集することにした。人もまばらな競技場の観客席から、たえず女の子たちを見守る三人組。次第に僕らを意識し始めた女の子たちは、西部劇のガンマンたちをもじって、無慈悲にも僕らのことを〝善人、悪人、醜男《ぶおとこ》〟▼7と呼ぶようになった。カルリートが善人なのは仕方ないので、悪人のポストを巡ってロベルトと僕が争ったのは言うまでもない。

ある日、はたと気がついた。グラウンドから離れた観客席のてっぺんまで僕らに愛を告白しに

▼7　イタリアの映画監督セルジオ・レオーネ（一九二九‐一九八九）の西部劇『続・夕陽のガンマン』の原題『善玉、悪玉、卑劣漢』より。

来る、そんな奇特な乙女などいるだろうか？　そこで僕らは高みの見物をやめ、メス狼を求めて大草原へと飛び出ることにした。しかしながら、一歩野生の領域に足を踏み入れてしまうと——翼を取られたハヤブサや、浅瀬に乗り上げたクジラがそうであるように——僕ら三人の虚栄心など見る見るうちにはぎ取られ、結局は美しい娘たちと僕らの羞恥心という、ある意味真の姿だけが残った。

するとその時、女の子のひとりが僕らに向かって問い質《ただ》してきた。

「ねえ、あなたたち、バレーボールをやったことがある？」

校内にスポーツ施設が充実してくると、修道女たちは熱心に大会を催した。週末ごとにバレーボールやバスケットボールのトーナメントが開催され、日頃から試合に向けて練習を積むのが習慣化した結果、いつしかレヒーナ・パシス校は国内トップレベルのスポーツ強豪校となっていた。でも僕らが注目していたのは、むしろ観客席で試合を観戦しながら、他愛のないおしゃべりをしている女の子たちの方だった。一日中汗水流してボールを追いかけている選手たちを、半分軽蔑していたと言ってもいい。それだけに、スポーツに入れ込む娘たちが、僕たちのことを気にかけていたのは驚きだった。

「どっち？　できるの？　できないの？」もどかしげにボールをバウンドさせながら、バレー部員は返事を待ち構えている。

バレーボールはペルーで最も人気があると同時に、国際的にも高いレベルを誇るスポーツだ。

とはいえ、それは女子チームに限ったこと。いまだに誰ひとりとして解明していないが、何らかの理由で男子チームは、女子チームが獲得したのと同じ栄冠やトロフィーを手にしたことはない。女子サッカーのチームがないのが本当に幸いだった。サッカーでまで同様のことが起こったら、男どもの屈辱は目も当てられぬほどだったに違いない。

「わたしは一日中、答えを待って過ごすわけにはいかないの！」いら立ちを隠せぬ様子で叫ぶ。「そこの一番のっぽの子、あなたは前衛でブロックして！　ちょっと、何がおかしいのよ？　あなたはサーバーね。それから、情けない顔のあなた……センターで補助してちょうだい」

その瞬間から僕らの人生はねじ曲げられてしまった。ロベルトが相手のスパイクをブロックしようとネット際で奮闘する一方、カルリートは相手チームの選手たちに笑顔を振り撒きながらサーブを打ち込む。そして僕はと言えば、ジャンヌ・ダルクとギリシア神話の女神が融合したかのような荒くれ娘と、彼女が放つ魔力にすっかり魅了されていた。甘露を降らすかのごとく、チームメイトに的確な指示を出しながらも、素敵な笑みを絶やさない。機敏な身のこなしは、昔ドキュメンタリー番組で見た、インパラやガゼル、あるいはレイヨウが宙を舞う姿を思わせるほど優美だ。

十三歳の僕には、美と官能性の境目が見極められず、頭の中では神話と「ナショナルジオグラフィック」の映像が、小鳥のようにピヨピヨと回っていた。ひょっとして彼女も空中に吊るされているのだろうか？　彼女のひとつひとつの動きが、心地よい雨だれの音にも思える。これだけ特異な存在だと、彼女も絶滅の危機にさらされた動物かもしれない。そんなことばかりが脳裏に浮かんで仕方がなかった。強烈なスパイクを次から次へとレシーブする。その際、魔法をかけてボールの勢いを和《やわ》らげ、シャボン玉に代えてそっと仲間に送る。一方攻撃に転じた時には、さっきまで羽を扱っていたかのしなやかな手が、突如として情け容赦ない鞭となってボールを叩きつける。あの手で体を撫でられたら、どんな痕《あと》がつくだろう？　想像するだけで鳥肌が立った。

幻想に近い午後のひと時を終え、男三人連れ立ってバス停へと向かう途中、僕は当時としては最高のほめ言葉を口にした。「あの娘、ナディア・コマネチ▼8よりもずっときれいだよな」

その晩はたえず彼女の姿がつきまとったばかりか、サーカスのシーンまで浮かんできて入り乱れた。僕はつね日頃から、巨体ながらも猫のようなしなやかさを誇る猛獣をはじめ、空中ブランコを鮮やかに乗りこなす曲芸師、網タイツとラメ入り衣装で登場して手品師の助手を演じる女の人たちに魅力を感じていた。時には威勢のいい馬の背で、器用に身をひるがえしてみせるお姉さんたちの姿を思い描いてみる。自分が飼い慣らされた馬となり、またがった彼女らに、優しくたてがみを撫でられるのを感じながら、僕はひとり眠りにつくのだった。

妹が二日後、友達から「あなたのお兄さんっていい人ね」と言われたと、僕に知らせてきた。有頂天になっていいものか、憤慨すべきかわからぬまま「誰が言ったんだい？」と訊き返す。すると「タイスよ」との答えが返ってきた。次いで「それから、もっとバレーボールを練習した方がいいって」とも言い加えてきた。その言葉を聞き、ふたりで妹の部屋に走る。鏡台の二段めの引き出しにしまっていた写真を取り出し、どの娘がタイスなのか教えてもらう。激しい胸の高鳴りと震えで、心臓が止まるかと思った。まさにあの娘がタイスだった。レイヨウのしなやかさを誇る女の子、コートの花とも呼ぶべきあの猛獣使い、レヒーナ・パシス校のユニフォームを着たコマネチだ。

〝いい人〟は、必ずしも〝好き〟を意味するわけではない。僕がそのことを理解するのは、それから何年もあとのことだが、当時はその美しい言葉に酔いしれた。あんなにきれいな女の子が僕――アニメの犬、パップちゃん――を〝いい人〟だとみなしてくれたと知って、得も言われぬ幸福感に満たされた。少なくともタイスは、僕のことを「好き」だとも言っていないし、「一緒にバレーボールをして楽しかった」とも言っていない。だがそんなことは大した問題ではない。ただあの程度のやり取り（？）で、この僕を〝いい人〟だと認めたとなると、いずれは僕を好きになるだろう。そんな確信めいた思いが、なぜか頭に充満していた。

僕は週末ごとに――その後何カ月も、何年も――密かに彼女に恋い焦がれ、修道女たちが企画

▼8　ナディア・エレーナ・コマネチ（一九六一－）はルーマニアの体操選手。七六年のモントリオール・オリンピックで三個の金メダルと五輪史上初の十点満点を獲得、世界中で最も知られた体操競技選手となった。八〇年のモスクワ・オリンピックでも二個の金メダルを獲得している。

する会には必ず参加するようにした。彼女に会いたい一心で、彼女に微笑みかけるために。それはひとえに、彼女がカルリート以上の笑顔を僕に向け始めたからだ。僕がいずれ、マリア・リラの友達と結婚するかもしれない、と言ったママの勘は当たっていた。唯一不都合があるとすれば、タイスがその事実を知らないことだった。

彼女に恋をしたことで、自分の中にある種の優越感が芽生えた気がした。それまでは、グロリア、パトリシア、スサナ、ガブリエラといった、マリアから派生したごく一般的な名前の女の子たちに囲まれて暮らしていたが、タイスという名の少女を好きになったことで、自分が一歩抜きん出た思いだった。それにしても、タイスという名前はどこから来たのだろう？　『エスパサ』、『ラルース』、『青年の宝』、『世界年鑑』といった百科事典や聖人伝を開いて、その語源を調べていった。アテネのタイスは、紀元前四世紀に、アレクサンドロス大王がペルセポリスに火を放つきっかけを作った高級娼婦だ。ギリシア・ローマ時代の喜劇にも、タイスという名の豪傑娼婦がよく登場する。北大西洋の岩礁には、タイスという名の美しい巻貝が生息していて、群青色の海面に、内奥から輝くきらめきを添えてくれるという。だがタイスと言ってひと際目立つ人物がいるとすれば、やはりエジプトの高級娼婦で、のちに自分の罪を悔悟し、聖人となった女性、後世アナトール・フランスの小説とジュール・マスネのオペラにまで着想を与えた聖女タイスだろう。僕の愛しきタイスには、確かにギリシア建築に刻まれた女人像や、泉に暮らす水の精ナイアス、自戒した聖女の要素が備わっている印象を受ける。

僕がタイスと知り合って二年後、妹の同級生が社交界デビューを果たした。富裕層の娘らしく、親が金に糸目をつけない豪勢なパーティーを催した。そういう場には決まって、スカイダイバーと呼ばれる、招待されてもいない輩たちがやってくるもので、その晩も会場となったオモテ・ビルには、ずいぶんと見慣れぬ顔が目についた。妹の親しい友達がその手のパーティーを開くのは初めてのことだった。そこへ僕は、並々ならぬ決心で顔を出すことにした。目的はもちろん、甘いバラードが流れる中で、愛の告白をすることだった。

僕のパーティー経験は著しく乏しく、とてもほめられたものではなかったが、それでも戦略を練るのには役立った。サルサをはじめとする激しいリズム曲がかかっている間に、何とかタイスを踊りに誘い出す。あとはそのまま踊り続け、最後のチークタイムを待つ。甘いムード音楽が流れてくるまで粘ることさえできれば、もう僕から彼女を奪えるやつはいない。その時、まさにその瞬間に、たとえ疲労困憊していようとも彼女の心を奪うのだ。

普段スポーツウエア姿で、バレーボールをしている彼女しか見ていなかったため、まだ幼さが残る顔に薄化粧した彼女を前にした時、僕は思わず目を見張った。あとになって、イタリアの画家ブロンズィーノの描く天使のようだと気づいたほどだ。スピーカーから大音量で音楽が流れ出すや、僕はタイスに飛びつき、彼女のママが迎えに来るまで何が何でも離れまいと心に決めた。

当時のダンスパーティーの選曲は大体決まっていて、まずはご機嫌な英語のナンバーから始まり、次いでトロピカルなキューバ音楽ソンに移る。その後は哀愁漂うビージーズやブレッドなどの曲で次第に気分が盛り上がっていくというのが定番だった。大きく分けて第一ステージと第二ステージとなる三時間の長丁場を乗り切り、できることなら第三ステージに突入、ジェームス・テイラーの「君の友だち」、アメリカの「マスクラット・ラブ」まで持ち込み、穏やかに彼女の耳元で歌詞を口ずさみたい。

フリートウッド・マックとアース・ウィンド&ファイアーのヒット曲が炸裂し、立て続けに流れたダイアー・ストレイツ、ムーディー・ブルース、レッド・ツェッペリン、ローリング・ストーンズのロック・ナンバーでダンスフロアの熱気が一挙に上昇する。「監獄ロック」の激しいリズムとともに、向かい合った男女が上下左右に体を揺する。今度はラテン・ロックの雄、サンタナの「僕のリズムを聴いてくれ《オエ・コモ・バ》」を皮切りにラテン音楽のオン・パレードとなり、誰も彼もが軽快なステップで《火星人がやってきた、チャチャチャチャを踊ってやってきた》[9]の歌詞に合わせて踊り狂っていた。

予想どおり、パーティーの第一ステージが終わっても、タイスが疲れる様子はない。息が上がっていたのはむしろ僕の方だった。「ナショナルジオグラフィック」に登場するガゼルのごとき女の子、わが愛しのタイスは、サルサであろうとロックであろうと、独楽のように身を回転させるものだから、僕はたえず翻弄されていた。僕が描いた夢物語は、今やシベリアトラの保護区に放り込まれたパンダよりも危険にさらされていた。

第二ステージに入っても、僕はタイスと一緒だった。キューバが誇るサルサの女王セリア・クルス、コロンビアのバンドのフルーコ・イ・スス・テソロス、プエルトリコのウィリー・コロン、パナマのルベン・ブラデス、ブラジルのジョルジ・ベン・ジョールの名曲「熱帯の国」という具合に、中南米各地を代表する曲が、次から次へとスピーカーから飛び出してくる。しかしそれはまだ序の口だった。というのも当時、クーパーテスト〔平地を十二分間走らせて測定する年齢別・性別の体力テスト〕並みにきついメドレーが大流行《おおはや》りしていたからだ。「パナマの祭り」のイントロの手拍子が聞こえてくると、不意に僕は、神明裁判▼10に臨むテンプル騎士▼11の諦観にも似た気分に浸った。

その一方で、会場に紛れ込んでいたスカイダイバーたちに気づいて、内心ほっとしてもいた。遅れて到着した害獣たちにはあいにくだが、幸いタイスはずっと僕の手元にいる。敵意と陰気に満ちた男どもの表情をダンスフロアから見ていると、ミラーボールが丸天井に投げつけるサイケデリックな稲妻の合間に、ドキュメンタリー番組で観たアフリカのワンシーンが浮かんできた。

▼9　有名なチャチャチャ「ロス・マルシアーノス（火星人）」の歌詞《火星人がやってきた／リカチャを踊ってやってきた／リカチャ、リカチャ、リカチャ／火星ではチャチャチャをリカチャと呼ぶ……》より。リカチャには「成金」という意味がある。

▼10　加熱した鉄を手に持って歩かせ、やけど痕の化膿の有無で有罪・無罪を決めるなど、試練を与えることによって真偽を判断する裁判。

▼11　一一一九年に創設された神殿騎士《テンプル》修道会の会員のこと。修道士であると同時に戦士でもあった。

卑劣にも徒党を組んだハイエナたちが、百獣の王ライオンに夜討ちをかける場面だ。その気になった僕は、威厳のある咆哮で一喝し、彼らを蹴散らそうとしたが、喉に引っかかり、むせ返っただけだった。

どうすればこんな可憐に見える女の子が、バッカス神の巫女マイナデスたちのように忘我状態で踊り狂えるのだろう？　異教徒たちのいけにえを好むアテネのタイスに、神が取り憑いたとでも言うのか。そんなことを思いながら、ふとアタランテの神話を思い出した。獰猛な娘アタランテは、ペレウスとのレスリング勝負に勝ったのち、イアソン率いるアルゴ船の乗組員となった。カリュードンのイノシシ狩りでも、みごとな矢の腕前で獲物を仕留めるほどだった。無敵とも呼ぶべきアタランテのもとには、求婚者たちが殺到したため、彼女は自分と競争をして追い抜くことができた男とだけ結婚すると宣言する。彼らよりも自分の足が速いのを百も承知のアタランテは、男を先に走らせては追い抜き、競争に負けた者たちを容赦なく射殺《いころ》した。だが、そんな彼女に挑んだヒッポメネスが、女神アフロディーテに救いを求め、女神から事前に黄金のリンゴを手渡されていたとは知らなかった——。僕は目まぐるしく変化するリズムに汗だくになりながら、世話好きな女神たちが手を貸してくれた時代を羨ましく思った。機関車並みの馬力があるタイスはともかく、僕の方は、女神に救いを求めたヒッポメネスと違って、聖女マルタにすがりつくしかなかった。当時はあちこちで《サンタ・マルタ、サンタ・マルタには列車がある。サンタ・マルタには列車があるが、線路はない》と歌われていたからだ。

　僕らが三時間以上踊りとおしたところで、スピーカーから割れんばかりの音で流れ始めた曲が、疲弊した僕の体に追い打ちをかける。ルジ・レンドの「ルジの警告」だ。当時メキシコシティから リマに至るまで、広範囲にわたって席巻していたこの曲は、およそ四百種ものツイストのリズムを詰め込んだ厄介な代物だ。視線で慈悲を請う僕には構わず、彼女の跳躍の度合いは倍増する。こちらはもう、ただ食らいついていくしかなかった。その時の僕の姿は、文学ハンドブックに出てくるセサル・バジェホの詩さながらの——ああ！——死んだままの兵士のようだった。[▼12]
　疲れる様子など微塵も見せずに、タイスのしなやかな脚がリズムを刻んでいる。意識が朦朧としてきた僕は、ソマリアに生息するコンゴニを目の前に垣間見た気がした。「ナショナルジオグラフィック」のドキュメンタリー番組によると、コンゴニは類稀な持久力を誇るレイヨウの仲間で、執拗な追っ手を振り切るためには、平然と何週間も灼熱のサバンナを駆けるという。酷使しすぎた僕の体が次第に麻痺していく一方で、タイスの方は再びガゼル、インパラ、シカとなって本領を発揮し、優美にかつスピーディーに僕から遠ざかっていく。
　時折、射貫くようなタイスの視線が、ビル内でのパーティーに潜入していた、よそ者たちの物

▼12　ペルーの詩人セサル・バジェホ（一八九二 - 一九三八）の詩集『スペインよ、この聖杯を私から遠ざけてくれ』収録の詩「群衆」からの引喩。各連の終わりが（最終連を除いて）すべて「それでも兵士は、ああ！死んだままだ」となっている。

欲しげな目と交差する。半ば出入り自由と化したお祭り騒ぎにあるのは、うまい料理や飲み放題の酒、ステレオセットだけではない。パーティーが盛り上がり、後々の語り草となるためには、招かれざる客、野次馬たちの群れも不可欠だった。

息つく間もないメドレーで、フロア内が最高潮に達すると、ついにスローなムード音楽が流れ出した。その頃には僕のシャツはびしょ濡れになって、パパのオーデコロンの香りも消え失せていた。汗と充満するタバコの臭いに駆逐されてしまったのだろう。けれどもそこまで頑張った甲斐はあった。幾度も夢見た彼女の腰に、僕の腕を回す瞬間が到来したのだから。その現実がまだ信じられず、僕の両手はわななないている。まるで眠れるヒョウの背中を撫でるかのように、恐る恐る手を近づけていく。

僕の秘めた情熱、報われぬ思いを優しく包むように、カーペンターズの名曲が流れくる。《あの頃は、お気に入りの曲を待ちわびながら、よくラジオを聴いていた……》澄みわたる歌声をBGMに、タイスは初めて出会った日と同じく、僕を見据えて言った。「コカ・コーラを持ってきてくれない?」つまりは、ゲームを続行させるべく、またもや僕にセンターで補助してくれと命じてきたのだ。彼女にとっての〝いい人〟だった僕は、打ちひしがれた気分でその場をあとにした。

戻ったところで、もう彼女と踊れるわけではないとわかっていた。そしてコーラを片手に遠くから、スカイダイバーのひとりが彼女を抱き締める様子を眺めた。アレクサンドロス大王の愛人タイス、悔悛した聖女タイス、ソマリアの大平原で、待ち伏せしていたハイエナたちに屈するコンゴニの姿が、僕の脳裏に鮮明に浮かんでくる。彼女と一緒に踊っている人物が、群れの中でも一番勇猛果敢な男だと信じたかったし、ある意味そうなのだと思った。最初からチークタイムだけを狙って女の子を奪う。その周到ぶりから考えて、あのスカイダイバーにとってはいつもの手口なのだろう。だけどそれが、タイスにとっては初めてのチークタイムだったということが、僕にとってはやり切れぬ思いだった。男の腕の中で踊る彼女のまなざしが、何よりも物語っていた。僕と踊ってもらわなくても構わない。でも一度でいいから、僕にもあの柔和なまなざしを向けてほしかった。それだけでも僕は、天にも昇る心地だったかもしれないのだから。

僕と妹を迎えに、ママが車で到着する頃には、ホール内にエルトン・ジョンの穏やかな歌声が流れ、若者たちを祝福していた。《今夜誰かが、僕の人生に手を差し伸べてくれた……》

その後も僕は、懲りもせずにタイスとの密会、すなわちバレーボールの練習に通っていた。それどころか、彼女と秘密を共有している気分にさえなっていた。彼女が抱く幻想を、そして僕にはそこで演じる役などないことを、誰よりもこの僕が知っていたからだ。

ある日タイスは、いつもの調子で僕にコート中央を守るように命じてきた。好戦的な態度をむき出しにして、「相手チームに強烈な一撃を見舞うから、しっかりとサポートしなさい」と念を押す。その時も僕は笑っていたし、それ以前もそれ以後も、やはり同じ微笑みを返していたと思う。なぜならば、彼女がコートの内でも外でも相手に痛烈なスパイクを打ち込むことが、嫌というほどわかっていたからだ。

第三章　カロリーナ

この手のご婦人を射止めるべく詩や歌を創ったが、
エナレス河畔にカラスムギを蒔《ま》くようなものだった。
先人たちの言葉はもっともだ。
“砂地に種を蒔いたところで収穫など知れたもの”
『よき愛の書』170節

　十二年間ミッション系の男子校で過ごした僕は、大学生活を目前に控え、実に落ち着かぬ日々を送っていた。大学に入学すれば必然的に女の子たちと出会うことになる。クラスメートであっても、未来の恋人候補であっても構わない。とにかく女の子と接する機会があると思うだけで、嬉しい困惑が募る一方だった。進路指導担当のカルメロ修道士はガイダンスの際、「女子は恋人探しのためだけに大学へ進学するから困りものだ」と僕ら男子高生に忠告したが、それを聞いて僕の期待はむしろ倍増した。〝何たる偶然。僕も恋人を探しに大学へ行くつもりだ〟

　大学入試に備えて勉強してきた歳月は、すでに忘却の彼方へと吹き飛んだ。今や過去の労苦よりも、明るい未来の方が勝っている。大学に入学した僕は、先輩たちからの洗礼を受けて、頭を丸刈りにされた。ペルーの大学では、新入り男子学生は頭をきれいにして、心新たに学業を始める伝統がある。もっともその後のなりゆき次第では、伸び放題の長髪で卒業していく者も多いのだが。それはともかく、一九七八年当時、十六歳だった僕にとって、大学での新生活はささやかな希望だった。

大学初日の感激は今でもよく覚えている。緑生い茂る庭園、講義棟や図書館が整然と立ち並ぶカトリカ大学の広大なキャンパス内を、選りすぐりの美人女子大生たちが行き交うさまは、ファッションショーさながらだった。何よりも喜ばしいのは、そのほとんどが恋人募集中であるということだ。僕も同様に恋人探しをしている。その事実をどのようにアピールしたらいいのだろう？

僕が学ぶ人文学部歴史学科の同期生の中には、学内で一、二を争う美女たちも含まれていて、こんな状況で優秀な成績を収めることなど至難の業ではないか。ついそんな思いが頭をよぎった。アナ・ロサはどこから見ても美しすぎるし、アリシアの瞳も魅力的だ。ガリアに至ってはたえず魅惑的な空気を漂わせている。だが講義室前列に座っている娘は、明らかに他の女の子たちとは違う美しさを放っていた。見るからにしとやかなその娘は、遠い昔の中世ルネサンス時代の輝きを備えている。

磁器のような白い肌は、清廉潔白な禁欲生活を送った高貴な王族たちの手を思わせるし、宝石のきらめきを宿す瞳は、中世の聖杯の騎士たちをも困惑させたであろうと思うほどだ。金髪の巻き毛だって、ギリシア神話に出てくる金羊毛を彷彿させる。従来女性の美というのは、各時代の美的感覚に左右されるものだが、ごく稀に彼女のように、時代に翻弄されれぬ美しさを誇る女性が存在する。その美しさゆえにトロイアの王子から誘拐される運命にさらされたかもしれない女性。あるいは中世の吟遊詩人たちに叙情的な恋歌を歌わせた女性。十六世紀のイタリアの画家たちが描いた聖母にも似た顔立ちの女性。いずれにせよ普遍的な美を備えているのは間違いない。

永遠にも感じた大学からの帰り道、小型バス（通称〝ミクロ〟）に揺られながらさまざまなことを考えた。あの娘は、馬上槍試合に挑んだ中世騎士たちが、こぞって寵愛を求めたお姫さまか。そうでなければ、受胎告知の場面を描いた数多くの名画に登場する無垢な天使か。おそらく今夜は眠れなくなりそうだ。今後彼女以上に僕が愛せる女性など現れないのではないか。まるで高地に生える金色のツタのような、彼女の長い髪のイメージが、脳裏に焼きついている。そのためだろうか、ついラプンツェルのおとぎ話を思い起こした。高い塔に幽閉された美しき姫君が、窓から自身の長髪を垂らして愛する王子や魔女を上へと導く話だったと思う。

ウチでは家族が首を長くして僕の帰宅を待っていた。大学初日の印象を聞きたくて仕方がないらしい。咄嗟《とっさ》に僕は、連辞や古代ギリシアの哲学者パルメニデスの言葉を持ち出した上で、ペルーの現実と人々の無意識との関連性をもっともらしく答えたが、本当に話したかったのは彼女のことだけだった。まだ名前も知らぬあの娘のガラス細工のごとく澄んだ青い瞳と、レースのリボンで束ねた金髪が陽光の下で金銀細工のように輝く様子を語ってやりたかった。いずれにせよ家族には、僕が大学を気に入った事実だけは、はっきりと伝わっただろう。

その頃家庭内では、それぞれの役割分担が決まっていて、明け方にパンを買いに行くのは僕の役目だった。午前八時に始まる大学の講義に間に合わせるとなると、六時半のミクロに乗らねばならない。そこで僕は、毎朝五時四十五分に起床し、シャワーを浴びると、そろそろ止みそうなコオロギの鳴き声と早起き鳥のさえずりが交錯する中を、ひとりパン屋へと歩いていく。スペインの巡礼道と同じ名前のパン屋〝サンティアゴ〟からの帰り道は、焼き立てパンの匂いと朝露に濡れた牧草の香りをひたすら満喫した。

幸い、始発のバスターミナルが家から近かったため、ミクロに遅れることもなく、空席まで見つけられた。遠距離通学ゆえに途中でバスの乗り換えがあったが、僕はその間、車内でマンウォッチングをして過ごした。居合わせた乗客たちの顔を眺めてはそれぞれの暮らしぶりを想像して、物語を創作する。それに飽きると今度は、小学生の頃によくやった〝車内ミス・コンテスト〟で時間潰しをする。そんな入学直後のある早朝時に、奇跡が起こった。ベナビデス通りとモンターニュ通りの交差点で、僕の恋する彼女がバスに乗ってきたのだ。

彼女が入ってきた瞬間、得も言われぬ芳香を感じた。ひしめく乗客が醸し出していた不快感が薄まり、手すりのべたつきさえも消え失せ、車内全体が清められて、輝いたように感じた。ひとりの天使がバスを訪れ、恩恵をもたらしたのだ。ディズニー映画の『ピーター・パン』で、フック船長の不気味な海賊船に、妖精の粉で魔法をかけたティンカー・ベルのように。彼女が周囲に撒き散らす妖精の粉、この魔法を缶詰にして再利用できれば、公共の交通機関はもっと快適になるのではないか。そんなことを考えた。二十三番バスに乗り継ぐためミクロを降りた際、僕はしどろもどろになりながら彼女に挨拶し、そこで初めて彼女の名がカロリーナであると知った。

その後は忘れ得ぬ幸せな日々を過ごした。僕らは毎日一緒に大学に行き、隣の席に座って、休憩時には語り合う。その上「言語Ⅰ」の演習がある日には、キャンパスの庭で昼食をともにし、帰りが夜遅くになることから、彼女を家まで送っていくようにまでなった。彼女を本当に好きだったからこそ、それを口にすることで、ふたりの間の友情を損ないたくなかった。そこで、彼女にほめ言葉を言っては、雪肌の頰を桜色に染めるだけでよしとしていた。

僕らの友情はどんなできごとも乗り越えられるはずだった。少なくとも学生連合本部の代表選挙という不測の事態さえ起こらなければ。学生ながらカロリーナは、確固たる社会理念を持っていた。ペルー・フランス学院の卒業生がほとんどそうであったように、彼女も六八年パリ▼13のユートピア思想を称え、どこか大人びた威厳めいたものを発していた。選挙の公示がなされるや否や、彼女は僕に真剣な口ぶりで説明した。大学でも社会でも、人の生き方には二種類ある。変革を支持するか、あるいはそれに反対するかだと。カロリーナは変革を支持している。もちろん僕は、変革を支持するカロリーナを支持することにした。

僕たちの学科からの候補者はマノーロだった。僕と同じ男子校出身のマノーロは、人当たりのよい男で僕の親友でもあるが、彼に対しては左派の学生たちの間で猛反発が起こった。それと言うのも彼の父親が、六八年の軍事クーデターで失脚させられた民主政権の与党、人民行動党の幹部だったからだ（七八年当時もまだ、ペルーは軍事政権下にあった）。選挙が近づくにつれ、マノーロの人気は高まっていった。すると彼を好ましく思っていない者たちが、マノーロはオプス・デイ〔カトリック系宗教団体〕と深いつながりがあるとの噂を流したため、革新派の大学生グループはすっかり怖じ気づいてしまった。「ウチの学部で右派が勝利するのを阻止しよう。そんな気概がある人はいないの？」巻き毛を振り乱して息巻くカロリーナの言葉に、僕は一念発起して、自分も代表選に立候補することにした。

　選挙当日、白熱した討論の場面を予感し目覚めた僕は、虫の鳴き声も小鳥のさえずりも耳に入らぬ状態でパン屋への道のりを歩いた。神経が高ぶって食欲が失せたこともあり、本番前の死刑執行人ではないが、朝食を摂らないことにした。行きのバスの中でも演説の内容を反芻し、カロリーナが乗り込んできても、真顔で視線を交わしただけだった。彼女をあっと驚かせたい。その

▼13　一九六八年五月、パリで左派の政治ユートピアに賛同した学生らによる大規模デモを発端に、労働者と合流して国家権力の抑圧に対するゼネストに進展した（五月革命）。治安部隊の乱暴に民衆も反発し、工場や大学がストライキに突入、交通機関が麻痺するなど、社会的混乱に陥った。

ためには多少の気難しさを装っても、没頭している姿を見せつけておいた方がいい。僕はまさか、彼女への愛の告白が、政治的な大演説とともに訪れるとは予想もしていなかった。

〝新入生たち〟の立会演説会は、滑稽なほどの厳粛さを帯びた一大イベントだった。他の学部の学生や国立サン・マルコス大学からも見物客が訪れるばかりか、既存の政党からスカウトマンまでやってくるほどだった。聴衆が溢れ返る大講堂で、学生連合本部の常任委員らを前に、まずは応援演説が始まった。各候補者を推薦する理由を訴える。アルトゥーロ候補にはクララ、マノーロ候補にはラロ、そして僕にはセサルがつく形で話が進められた。その後各立候補者には、十分間の演説と、五分間の質疑応答が設けられ、壇上と会場の双方での議論がなされることになっている。あの時のカロリーナの笑顔、ボッティチェリが描く女性を凌《しの》ぐ美しい微笑みと紅潮した頬を思い出すだけで、僕は今でも胸がいっぱいになる。

演説でアルトゥーロは、団結と友愛精神、連帯意識の重要性を説き、その実現のためにグループ学習やミニパーティー、各種のスポーツ競技会や選手権、フットサルなどの試合を大いに活用していくことを約束した。続いてマノーロが、カトリカ大学の未来のために自分が立候補した理由を熱く語り、学生が勉学に励むことの重要性を説いた。自分たちが家族やペルー社会にとって有益な人間になれるかどうかは、学生時代をどう過ごすかにかかっている。彼はそれを宗教者も顔負けの、両手を合わせる祈りの仕草を交えて人々に語りかけた。ついに僕の順番が回ってきた。そこで僕は、ある種実社会から隔絶された領域である大学のあり方に疑問を投げかけ、自分は学生連合の一員として真に社会が反映される大学を目指すと同時に、国内で奮闘する人々の権利の回復のために戦うつもりだと主張した。まるで恋する男が、相手を口説くのにその場限りの約束を並べ立てる、そんな感覚に近かったとも言える。

質疑応答が開始するや否や、アルトゥーロは早々に撤退を表明した。自分の主張はいずれも僕らふたりの公約に含まれているから必要ないと述べると、万雷の拍手の中、言葉をマノーロに譲った。マノーロは、学生特有の純真な心を忘れ、単に急進政党の操り人形と化した一部の〝新入生グループ〟の主体性のなさを嘆いてみせ、僕にその件についての意見を求めてきた。僕は彼の挑戦を受けて立つと、理想ばかりを唱える彼らの主義主張には違和感を覚えると述べた上で、元々主体性などないのだから、聞こえのいい熱弁やプチ・ブルのたわ言には乗せられぬようにしてほしいと忠告した。僕が発した最後のひと言が、より好戦的な女性の同志たちの心を捉え、会場からは僕目がけて投げキッスがわんさと飛んできた。政治的な美辞麗句の媚薬的魔力を知らなかった僕は、思わず赤面してしまった。

聴衆との質疑応答では、マノーロも僕もそれなりに苦境に立たされた。国内の経済危機への見解をあれこれ質されたマノーロは、自分は石油輸出に関わる契約書の件[14]についても、アメリカがニカラグアの独裁者ソモサを支援していた件についても知らないと答えた。が、彼が返答に窮したのは、カロリーナ（おお、僕の愛しのカロリーナ）がマノーロに対し、「あなたはオプス・デイの人間なのか、そうでないのか？」と問い質した時だった。そこで彼は、茨の冠を頂いたキリスト磔刑像のように両腕を広げ、悲愴感漂う表情を浮かべて、新約聖書を朗読する口調で必死に訴えた。「まことに、まことに、あなた方に告げます。わたしがカトリカ大学を進学先に選んだのは、ローマの教皇使徒派のカトリック教徒だからです」その後僕も質問攻めに遭ったが、不毛な議論をする代わりに、質問者たちを尊重して、彼らが協力者になってくれるよう努めた。そこで、これまでのようにストライキで大学が休校にならぬように極力配慮することと、言論統制の解除を求めて政府に働きかけていくことを確約した。また、みずからポーランド大使館に出向き、拘束されている電気技師レフ・ワレサの解放を要求することも約束した。その時僕は、学生連合の代表者たちが持つ絶大な力についてはまったく知らなかったし、レフ・ワレサの件もおそらくポーランド国内ですら何ひとつ知られていなかったと思う。

騒然とした会場内で長い投票審査が終わり、わずか一票差でマノーロの当選が決まった。彼の支持者たちが右手を左胸に当てて国歌を斉唱する中、僕の支持者たちは拳を振り上げ、世界中で歌われていた革命歌「インターナショナル」を口ずさんだ。

僕の堂々たる態度に感激したカロリーナは、僕を強く抱擁してから、青いまなざしで見つめて言った。「わたしにとっては、あなたが今日の勝利者だわ。一票差など気にしないで。いつの時代にもわからず屋はいるのだから」あまりに彼女が喜んでいたので、打ち明けられなかったが、自分に投票するのをためらい、マノーロに一票投じたのはこの僕だった。

その時まで成功や名声とは無縁だった僕が、落選したことで、突如激励される立場になった。中には僕に対し、〝本当のこと〟を語っていたと称賛する女の子たちもいた。何か心地よい言葉と尊敬のまなざしで、自我をマッサージされているような気分だった。僕の初めての政治体験は失敗に終わったが、支持者たちからの無条件の愛情を感じることはできた。

残念ながら、どんな幸福も長続きはしない。選挙から二時間も経たぬうちに、カロリーナを通じて、学生連合本部の常任委員のひとりから緊急の伝言を受け取った。〝物申す〟ことがあるので早急に来るようにという。みごとな戦いを演じたこの僕に、何を咎《とが》め立てするというのか？しかもその常任委員は、カロリーナの友達ではなかったか？

学生連合本部は見るからに廃《すた》れた場所で、古びた謄写版印刷機以外に価値あるものなど何もなさそうに思えた。そこでは人文学部の常任委員が、いら立った様子で僕を待っていた。黒ずくめの服装に丸メガネをかけた、古いリトグラフの人物像にありがちな痩せぎす男だった。彼の歓迎の言葉は、やけに心のこもったものだった。

▼14（55頁）　フェルナンド・ベラウンデ・テリー政権が、一九六八年に米国のインターナショナルオイル（ＩＰＣ）と結んだタララ協定で、ＩＰＣが違法に採掘した石油代金をペルー政府に支払うことと、その価格について取り決めた十一ページめが「紛失」するというスキャンダルを引き起こし、軍事クーデターのきっかけのひとつとなった。

「大失態をやらかしてくれたものだ、同志。君はいったいどこの細胞だ？　誰の推薦で立候補した？」

その質問に、それまでの僕の笑顔が一変する。〝大失態？　僕の細胞がどうしたって？　学部の半数以上の学生が僕を支持したのを見ていなかったのか？〟

鶏ガラ男は僕を見据えてまくし立てる。

「軍事政権は今や風前の灯だ。そういう時期だからこそ、今ここでブルジョア国家の矛盾を人々に知らしめるためにも、われわれは一致団結して行動せねばならんのだよ、同志。その意味ではカトリカ大学の諸団体にも、民間組織と同様の地下闘争が不可欠であり、内部の規律を乱すことのない代表が必要だったわけだ。

なぜ君は、誰の後押しもなく選挙に打って出たのだ？　せっかくわれわれが事前に、急進派内の分裂を回避すべく根回しをし、対立候補まで見立てたというのに。君の軽率な行動が、われわれに水を差した形だ。それともうひとつ。君はいったいどういう意図で、大学でのストライキを避けるなどと公約した？　この場合われわれにとって、ストライキが唯一の闘争手段であるのを知らなかったのか？　接収された報道機関についても、ブルジョアジーどもの手に返還してはならぬものだ。レフ・ワレサは論外。むしろソビエトの政策を批判した反革命主義者として終身刑になっても不思議ではない大ばか野郎だ。結果的に君は、サン・マルコス大学の同志たちの前で醜態をさらし、わがカトリカ大学に大恥をかかせたことになる。彼らは今頃、わが大学の一貫しない姿勢と、世間に蔓延するうわべだけの民主主義思想をあざ笑っていることだろう」

正直言って、鶏ガラ男が説明していることが、僕にはまったく理解できなかった。しかしその後のカロリーナの態度から、相当のドジを踏んだことだけはよくわかった。彼女は僕を、まるで殺人犯を見るかのような哀れみの目で一瞥したあと、もう関わりたくないと言わんばかりに首を横に振っていた。左派政党を支持するグループの分裂危機、弱体化した軍事政権が士気を鼓舞する恐れ、さらに緊迫するであろうポーランド情勢。僕が選挙戦に出馬し、迂闊にも発した言葉による影響よりも、僕にとっては、今後のカロリーナとの関係の方が重要だった。通学時のミクロで顔を合わせても、これまでどおり挨拶してくるだろうか？　「言語Ｉ」の演習がある日にも、一緒にお昼を食べてくれるだろうか？　情熱に駆られた僕の振る舞いを、彼女なりに理解してくれるだろうか？


その日以来、僕はミミズにでもなった気分だった。自分の鬱屈した心情を誰かと分かち合う気さえ起こらなかった。僕という人間は、愛のためなら本当は支持してもいない思想を声高に擁護できるくせに、その愛のために抱えている自分の思いについては、口にできぬ性分らしい。でも本来愛は、常軌を逸した行動に対しても寛容なものではないのか？　逸脱行為が伴わぬ愛など、とても愛とは呼べない。少なくとも僕はそう思っている。

ある朝を境に、虫の音が以前ほど心地よく感じなくなり、鉛色の雲に覆われた気分になった。

焼き立てのパンの匂いにも、朝露に濡れた牧草の香りにも癒されることはなかった。ベナビデス通りとモンターニュ通りの交差点で、カロリーナがミクロに乗り込み僕を見た瞬間、彼女の顔から笑みが消え、まなざしには前とは違うきらめきが宿った。その輝きを見た僕は、陸から眺める群青色の海面と、波打ち際で無数の砂粒に溶けては、どこか淀んだ美しさを創り出す水の動きを思い起こした。離れている時には真っ青だったカロリーナの瞳は、波となって僕に打ち寄せたあと、一種のざらつきを帯びたのだった。

それから数週間後、僕はふたりが仲睦まじく社会学部の庭（通称〝楽園〟）にいるのを目撃した。人文学部の常任委員とカロリーナなら、理想のカップルに思えた。その時僕は、自分が革命家にはなれぬ男だと悟った。歪《ゆが》んだ使命感、怒りや恨み、あるいは純粋な信念から革命家にはなれても、愛のために革命家になる人はいない。それでも僕は愛のために——空中ブランコ乗り以外ならば——何にでもなってみせたかった。

そうして僕は政治に幻滅し、修道士たちに対しても憤りを覚えた。慈悲深きカルメロ修道士は「女子は恋人を探すためだけに大学へ進学する」と説いていたが、それだけではない。自分が尊いと信じる社会理念を追い求め、ついでに恋人も手に入れる。そのために進学する女子もいるのだ。

第四章　アリシア

機会が巡ってきたなら、優しく囁《ささや》いてやるがよい。
美しい言葉に、愛情深い仕草を織り交ぜてだ。
甘味の極みを含む言葉とともに、
多くの愛が育まれ、より強固な想いとなっていく。
『よき愛の書』625節

僕はそれまで、宝くじには当たった経験がなかったが、一九七八年の暮れに、ちょっとした幸運に恵まれた。国内一と称される進学予備校トレナ・アカデミーでペルー史を教えることになったのだ。ハイパーインフレが吹き荒れ、人々が質素な暮らしを強いられていたにもかかわらず、トレナ・アカデミーは高給だったことから、僕は経済面での苦労とは無縁だった。本来ならば経済的成功と恋愛面での成功は反比例するのかもしれないのだが、なぜかトレナの講師陣はみながみな、若くてハンサム、しかもインテリ、女たらしとの評判だった。少なくとも僕は、そのうちふたつを攻略しないと評判どおりにならない。

その頃、女子生徒たちは決まって男性講師に恋するものとされていたが、僕に限って言えば、まったく正反対になると確信していた。つまり講師である僕の方が、生徒である彼女たちに恋してしまうということだ。一回一回の四十五分間の授業のたびに、十人以上の少女たちの視線を浴び続ける。それを思うだけで鳥肌が立つ。実のところ僕は、一度だって女性と見つめ合った経験がない。そんな状態だから、歴史に出てくるスペインのペルー征服戦争や、独立戦争時のフニンの戦い、対チリ戦争の激戦地に、いきなり丸腰で放り込まれたかの気分だった。

祖国のひととおりの歴史に目を通して授業に備える。主要なできごとの年号と日付、そこに関わった人物の名前を片っ端から暗記した。その上で、授業で使う地図や略図、あとは時折挟み込むための冗句も豊富に取り揃えた。授業に臨む僕の戦略は、生真面目で動じぬ男を装うことだった。そこで皮肉めいた態度と学識ぶりで武装したものの、何にもならなかった。最低でも一度は、可愛い女子生徒の気分を害したくないという理由から史実をゆがめてしまった。今でもその愚かな美少女のことは覚えている。一五二〇年にマゼランが、大西洋を南下し（現チリ領の）ホーン岬を通って太平洋に抜け出た。それを聞いた彼女は「パナマ運河を通らないなんて、バカじゃない？」と酷評した。それに対し僕は、あろうことか「確かに君の言うとおりだ」と答え、皮肉を交えて解説したのだ。「海の幅が狭い箇所を〝海峡〟と呼ぶわけだが、マゼランも君と同様、知識の幅が狭かった。パナマ運河の着工は十九世紀終わり、完成は二十世紀。その事実を知らない偉大な航海者に敬意を表して、のちに〝マゼラン海峡〟と命名されたのも実にうなずける話であり……」

しかしながら、授業を終えて一歩教室を出るや否や、僕のＩＱ（知能指数）は見る見るうちに低下する。そのため休憩時間は、僕にとって現実から隔絶された映画撮影所か、あるいはアラビアの幻想物語に近い奇妙な輝きを帯びたひとときとなる。夏の日差しの下でぼんやりしていると、文の従属節もヨーロッパの主要な川の名前も、二次方程式もどうでもよくなってくる。そんな調子で僕は、毎日のように憂いとやるせなさを湛《たた》えた瞳で、ただ中庭を眺めて静かに過ごすことが多かった。ところがある時、中庭の片隅でひとりノートを読み返す女の子がいることに気がついた。

男性講師の気を引きたがる女子生徒たちは、決まって派手な服装をするか、胸元や二の腕、へそや太ももを露出した服を身に着けて、教室でも目立つ場所に陣取っていることが多い。もっとも僕は、その手の誘いめいたことには心を動かされることはなかった。圧倒するほどの美しさを誇る娘と、控え目で清楚な娘がいれば、僕は後者を好む人間だ。しかし悲しいかな、控え目で清楚な娘だって結局は美男子に惹かれる事実は否定できない。今となってはよくわかるが、当時の僕は、なかなか行動に踏み出せない自分の性格を、トレナ・アカデミーが何らかの形で後押ししてくれると期待しながら瞑想じみた状態に身をゆだねていた。

最初のうちは、ただ彼女の姿を見つめながら、相手の方も時折僕を盗み見てくれたらと思うだけで満足していた。だがやがて、桑の木陰にたたずむ彼女の姿と、エドガー・ドガの情緒的なリトグラフや油絵を彷彿させる雰囲気に魅了された。何よりも、他の娘には見られない特異な足運びと体の重心の取り方が、クラシック・バレエの素養を感じさせる。歩く様子ひとつ取っても、僕ら俗人が節操もなくただ歩くだけの地面を、彼女は漂うような優美さで進んでいく。清涼な森に暮らす妖精の装いのごとく、着ている衣服だって時には緑、時には黄色の淡い輝きに包まれる。わざわざ自分を誇示しなくても、人を引きつける何かがあった。

ある日の午後、帰宅時に五十九番バスの停留所で彼女と鉢合わせした。そこで初めて僕に微笑みかけてきた。今でもあの時の悪戯《いたずら》っぽい微笑みは記憶に残っている。帰宅する他の男子生徒や女子生徒も僕に挨拶していたから、僕がトレナの講師と知ってのことだったに違いない。彼女の挨拶に、僕はわざとらしい渋面で応じた。そこへ五十九Bのバスがやってきて、彼女が乗り込もうとした。途端に胸が締めつけられる。僕が待っているのは五十九Aだ。五十九Bでは、たとえ方向が同じでもウチからは何キロも離れてしまう。でも、その決定的瞬間に抗うことができず、衝動に駆られた僕は、欲望という名のバスに乗り込んだ。

道中、僕らは大学入試について冗談を言っては笑った。だが僕は、それが孤児の前で母の日を祝うようなものであることには気づいていなかった。カトリカ大学人文学部の志願者は何人か？　合格率が十パーセントだというのは本当か？　一九七九年の合格点はどのぐらいなのか？　僕は予備校には通わずに大学に入ったため、勉強のしすぎとストレスで振戦譫妄《しんせんせんもう》▼15になる受験生が多い

▼15　アルコール中毒による手足の震え、不安、興奮、幻覚、意識障害などを伴う症状。

ことなど知らなかった。彼女とクラスの仲間たちは、一緒に課題を解くために、アカデミーに残って昼食を摂り、その後、数学の教師たちを散々追い回して質問をし、どうにか不安を解消しているのだという。

五十九Bのバスは、すでに僕の家からかなり遠ざかっていた。彼女がケーブルを引いて、バスを降りたので、すかさず僕も降りる。あとは彼女の素晴らしきエスコート役を演じた。どれほどこの場面を夢想したことか。今こうしてふたり並んで歩き、時折彼女の服に触れながら、彼女を包み込む空気をこの僕も吸い込んでいる。まるでひとつひとつの事柄が、これから育まれていく愛情の前触れにさえ思えた。バスを降りてからかなりの時間、会話をできるだけプライベートな方向に持っていこうと試みたが、無理だった。彼女が知りたかったのは、僕がどのように入試の準備をしたか、いかにして不安を克服したか、合格する決め手は何だったか、ということだけだった。結局、彼女にとって僕の魅力は、入試に合格したという事実だけだと再認識したところで、彼女の家に到着した。

玄関先で彼女は「わざわざ送ってくれてありがとう」と僕に礼を言い、〝ものすごく〟遠回りになったことを詫びた。それに対し僕は、自分が近くに住んでいて、この辺りは毎日通る道だと説明する。そこで彼女が、うつむき加減になってつぶやいた。「残念だな。もっと早くあなたと知り合っていれば、入試への取り組みや合格の秘訣も間近で見られたのに。そうすればわたしだって、ここまで不安になって、こんな恥ずかしい質問をしなくても済んだのに」あまりに美しい笑顔で、それも口ずさむように語ったので、僕はコーンの上で溶けゆくソフトクリームになった気分だった。そこで僕が、毎日全科目の勉強を見てあげてもいいと申し出ると、彼女は感謝の念を全身で表して礼を述べ、自分の本名はアリシアだが、友達たちはみんなリシーと呼んでいると教えてくれた。彼女に別れを告げて、夜空にきらめく星を眺めつつ歩き出す。ケンタウルス座α星の辺りが目に留まったところで、不意に背後で彼女の甘い声が聞こえた。

「明日の朝もバス停で会える？　近所に住んでいるなら、一緒にアカデミーに行きましょう」

銀河の彼方に向かっていたはずの僕の意識が、一瞬にして地上に戻り、彼女のオーラが発する熱をまともに受けて、即答してしまった。午前六時四十五分に五十九Bのバス停で待っていると。彼女は僕の瞳に映った、星座のネオンサインのきらめきには気づきもせずに、僕に微笑みつつ玄関のドアを閉めた。

そこからの四キロの道のりは、異様なまでに短く感じられた。が、途端に自分が、無理難題を背負い込んだことに気づいた。午前六時四十五分までにバス停に到着するには、遅くとも五時半には起床しなければならない。シャワーとパンの買い出し、朝食を三十分以内に済ませ、六時には自宅を出た上で、一キロを十分間のペースで早歩きするしかない。しかもそれを、息も乱さず汗もかかずに、ごく普通に歩いてきたふうを装ってだ。リシーが他の女の子と違って、外見だけで男子を判断することはないとわかっていても、せめて僕の体力だけでも評価してくれたら救われたのだが。彼女を射止めるために、僕ほど歩き、走り、駆けた者はいない。時には出発時間に間に合わず、慌ててバスを追いかけることもあった。その間、彼女が車窓から声援を送る中、僕はひたすら走る。三ブロック先でようやく追いつき、バスに乗り込んだ僕を、「寝ぼすけさんなんだから！」と優しく叱って迎えてくれた。

彼女と一緒にバス通学し、陽光の下でともに休憩時間を過ごし、帰りのバス停からの道のりを家まで送っていくのは楽しかった。僕にとって何よりも喜ばしかったのは、彼女の入試に向けた個人授業ができたことだった。歴史的なできごと、文法上の品詞、地理的特徴の説明の端々に、僕は控えめながらも愛の告白を匂わせる言葉をこっそり挟み込んだ。毎晩入浴後に古い自転車を引っ張り出しては、ペダルを漕ぎながら彼女に叩き込むべき年号や公式、復習の仕方を練った。とはいえ、理数系の科目にめっぽう弱い僕は、化学式や数式を鮮やかに解いて彼女を魅了するようなことはなかった。正直なところ、幾何学に秘められた謎よりも、彼女の思いの丈を解明する方に関心があった。

うまく説明できない僕に対し、「単純な平方根も計算できないのに、どうやって合格できたの？」と彼女は、いら立ちと驚きの顔で質した。そんな時僕は、自分を鞭打つようにして難解な数学書の解読に取り組み、いっそ悪戯者の小悪魔でも現れて、僕の魂と引き換えに、代数の奥義を伝授してくれないかと祈った。山ほど出題される数学の試験では、十問程度に絞ってそれ以外は捨てる。そんな気持ちで臨んで僕は合格したと打ち明けた。さらにほかにも数学への苦手意識を克服すべく、僕が取った呆れた方法についても説明した。朝食時に摂るミルク・ココアの缶には〝算術〟の、ビタミンCの瓶には〝幾何学〟、コーンフレークの箱には〝代数学〟と、それぞれ大きな字と派手な色で書いた紙を貼りつけ、文字どおり毎朝それらを〝消化〟してきたのだと。そして僕は真顔になって「これが合格に不可欠な、理想の朝食です」と、パッケージの謳《うた》い文句さながらに彼女を励ましてやった。すると彼女は、冗談とも本気ともつかない僕の詭弁に聞き入ったあと、鼻にしわを寄せて笑い転げるのだった。

いつものように彼女の勉強を見ていたある日の午後、リシーがまじめな顔で、僕の一番の望みは何かと訊いてきた。プールの水は毎秒何リットルの割合で減っていくか、という問題をふたりで解いていたところで、不意に口にした彼女の言葉に一瞬ためらったが、彼女が僕に首ったけになるのを期待して「君が入試に合格すること」と模範解答で応じた。彼女は穏やかに微笑むと「あなたって〝優しい人〟ね」と言った。僕と違って彼女の一番の願いは、ペルー北西部の都市トゥルヒーリョで行なわれるバレエコンクールで優勝し、偉大なバレリーナになって、ヨーロッパのバレエ団にスカウトされることだと言う。「パリの舞台で『白鳥の湖』、ウィーンで『眠れる森の美女』を踊るわたしの姿、想像できる？」そう言って彼女は両手を羽ばたかせてみせた。

僕に少しでもクラシック・バレエの知識があれば、彼女が舞う姿を想像できただろうが、その時、僕の頭に浮かんだのは、ウォルト・ディズニーの映画『ファンタジア』で、カバやダチョウがバレエ音楽「時の踊り」に乗って飛び跳ねる場面だった。僕は自分の無知を笑顔でごまかし、栓が抜けたプールの問題と再び格闘を始めたが、気が散って問題を解くことができなかった。リシーにとって僕は〝優しい人〟でしかない。それは〝いい人〟と言われるのと同じぐらい、僕にとっては悲しみを帯びている。彼女が僕とつき合うことなど期待していなかった。それに彼女の方も、自分を生涯愛するであろう男が目の前にいるなどとは、おそらく想像できなかったはずだ。実際僕は、彼女が大学に入学するのを望む、それだけでよかった。少なくとも彼女の傍にいられる可能性だけは残される。だがヨーロッパ行きを夢見るバレリーナとなってくると、もう僕の可能性などほど遠い。それを思うだけで気が滅入った。

その晩、バレエについて知り得る限りの知識を学び取る覚悟で帰宅し、ブリタニカ百科事典を貪《むさぼ》り読んだ。まずはコーヒーとノート、辞書類を用意し、それから自室にこもって、夢想家・熱狂的ファン・恋する男の執念で取り組んだ。

古典舞踏の世界は想像以上に魅力あるばかりか、情熱と憎悪、策略めいたものが見え隠れする領域だった。優美さと巧みさを兼ね備えるバレエ独自の技法、ポワント（つま先立ち）は、スウェーデン出身のファニー・エルスラーとオーストリア出身のマリー・タリオーニという、ふたりのバレエダンサーの対立から生まれて発展していった。ライバル意識むき出しの両者は十九世紀半ば、一方の足を地につけながら、もう一方の足を宙に浮かせる、一見すると相容れない二種類の動作を追究していった。その結果、タリオーニの「ラ・シルフィード」のみごとな演技にエルスラーの「カチューシャ」が屈する形となり、それ以来、バレエの踊り子たちは北欧神話のシルフィード（空気の精）のように、空気のごとく繊細で、かつ手の届かぬ美しき存在となった。それで傑出した振付師や作曲家の中には、そんな女たちに恋心を抱く者もいた。だが実らぬ恋だとわかっていたからこそ、バレリーナに作品を捧げる形で、みずからの想いを表現したのかもしれない。ジュール・ペローはカルロッタ・グリジに「ジゼル」を、マリウス・プティパはマリア・スロフシュチコーワに「幼児殉教者たちの行進」を、ミハイル・フォーキンはアンナ・パヴロワに「瀕死の白鳥」を捧げている。自分の夢を託した場面を、愛するバレリーナが舞台で演じる。バレエに命を賭ける女性たちの姿と、かなわぬ想いを前にして、彼らは何を感じていたのだろう。恋する振付師たちと同じように、僕の振付でリシーが踊る。その場面を夢見ていた僕は、いつの間にか夜明けを迎えていたことに驚いた。

露に濡れた通りをひた走り、風を体で感じながら思いを巡らす。今後リシーが僕を好きになることもなければ、僕の愛で包まれることもないだろう。だがせめて、僕のことを厳しい受験勉強を強いた人間ではなく、彼女がプロのバレリーナを目指すことに協力を惜しまなかった、同世代の友人として思い出してくれたら……。「オンディーヌ」や「エスメラルダ」、「ファラオの娘」を踊る彼女を想像し、僕は自分が「薔薇の精」になった気がした。

アカデミーまでの道すがら、僕は彼女に、トゥルヒーリョ・バレエコンクールに出場するよう励ました。今ここでバレエを諦めたら必ず後悔する、大学のことなど忘れてバレエに専念した方がいいと。講師らしからぬ僕の助言に驚いたリシーは、まるで初めて精神分析を受ける人々のように、黙って僕の話に耳を傾けていた。それから、アカデミーには高い学費を払っていること、大学入試の受験料もすでに支払っているので、今さら両親に打ち明けることなどできないと説明する。彼女の弁解を前に、ついに僕は、彼女の私生活にまで踏み込んだのを悟った。ここまで来た以上、僕なりに貫くしかないと決心した。
「君は自分の心にもっと正直になっていい。将来を決めるのは君自身だし、両親は君を後押しすべき存在だろう？」と僕は彼女を諭す。「バレエに賭けてきた歳月を振り返ってみてくれ。重苦しいだけの裁判所や弁護士事務所で働くために、自分の夢を犠牲にしたいか？」と迫った。バスを降りたところで「たとえ君が大学進学を選び、将来携わる仕事が、犯罪絡みの裁判やもめごとの仲裁、あるいは事故現場での検証といったものになっても、僕としては君がその優しさと豊かな感受性を失わずに生きていくことを願っている」と告げて、話を締めくくった。

それまで休憩時間は、僕が彼女を探しに行くのが常態化していたが、その日は彼女の方からやってきて、とうとう胸の内を吐き出した。「大学には夢も希望もないの。進学なんかしたくない。でもバレリーナになりたいと、どうやって親に切り出したらいいかわからなくて」これまで何をするにも踊りを軸に据えて生きてきたのに、本人には自分がバレリーナだったという自覚がなかった。彼女の人生を描く長編映画で、初めて僕に大役が与えられたと思った。そこで僕は、わが人生のアカデミー助演男優賞を賭け、迫真の演技をすることにした。

まずは彼女に、数年後には今の自分を笑えると説明し、大学入試への執着を取り除くことから始めた。目標がヨーロッパのバレエ団で踊ることである以上、大学は通過駅にすぎない。トランポリンどころか階段の一ステップにさえならない。それでも「大学に受からなかったら？」と尋ねる彼女に対し、僕は「そんなことあるものか！」と胸を張って答えた。仮にそうなったところで、彼女の思い描いた計画が変わるわけではない。時にはもうそれ以上、言葉が要らないこともある。折よく始業を告げる鐘の音が鳴った。別れ際、彼女が僕の確信めいた言葉を心の中で反芻しているのを感じた。

以前は毎回五十九Bバスに乗っていても、外の風景を意識することはなかった。ところがその日の帰り道の僕は、常勝を誇る強者かベテランの失恋者にしかない沈着ぶりで、視界に入ってくる景色を自分なりに彼女に語っていた。ゴルフ場に立ち並ぶポプラの厳《おごそ》かな様子や、サン・イシドロ地区を彩るどこか眠たげなオリーブ並木、パルド大通りに佇《たたず》むガジュマルが黄昏《たそがれ》とともに黒ずんでいく姿と、その前を足早に通り過ぎる人々。彼女が僕に好意を抱いているかどうか。それを確かめるよりも先に、なぜそんなたわ言を口にしたのか自分でもわからない。会話と呼べぬ会話の内容に、彼女が耳を傾けていたかどうかは定かではない。

　バス停から彼女の家まで歩く間は、それまでとは打って変わって、彼女の関心事であるバレエの話題に終始する。つい最近目にしたばかりのペルーの風刺画で、ロシアのバレエダンサー、レオニード・マシーンが「パリの生活」で演じた場面を取り上げていたことを語り聞かせ、彼女を笑わせた。それからイギリスのバレエダンサー、マーゴ・フォンテインとパナマ大使との愛の物語を語って、さらに彼女を引きつける。あとは晩年を精神病院で過ごすことになった、ヴァーツラフ・ニジンスキーの悲劇を語ってしんみりとさせた。

　いつものように玄関先に到着すると、リシーは涙で目を潤《うる》ませながら訊いてきた。自分はベジタリアンだが、サラダは好きかと。遠回しながらも夕食に招いているのに気づいた僕は、サラダは大好物だと答え、申し出を受け入れる。僕が夢見ていた形ではなかったが、それでも彼女からの招待には変わりない。彼女の両親と親戚一同の詮索するような目にさらされながら、自己紹介をする場面を思い描いていたが、現実は違った。キッチンに通された僕は席に着いて、テーブルに肘をつき、テーブルクロスの格子縞《こうしじま》を見つめていた。彼女なりの誠意に感謝する一方で、所詮は自分も、アリシアの人生のタペストリーを彩る碁盤の目のひとつにすぎないのだと痛感した。いずれにせよ肉（体）への愛よりも、友情の野菜を選んだのは僕自身ではなかったか？

　その晩僕は、世界のさまざまな文学・芸術・歴史が、古典バレエの振付にいかに反映されているかを彼女に語って聞かせた。ファニー・エルスラーとマリー・タリオーニの因縁とも呼ぶべきライバル意識と、その後「ラ・シルフィード」によって現在のバレエの様式が確立したこと。またその流れはイタリアのバレエダンサー、カルロ・ブラジスによると、後期ルネサンスの彫刻家ジャンボローニャの「メリクリウス像」に垣間見ることができることも説明した。しばしば当時を振り返り、あれは僕にとって魔法のひと時だったのではないかと思う。何度か好機というものが訪れ、僕の夢をかなえてくれるかに思えたが、結局力が及ばず、「ジゼル」や「瀕死の白鳥」、「ロミオとジュリエット」に秘められたエピソード、すなわち見果てぬ恋物語を語るにとどめた。プロコフィエフが自分のロミオだとは知らずに、舞台でジュリエットを演じていた美しきガリーナ・ウラノワ。僕が同じ状態だったことに、リシーは気づいていただろうか？

あの時とは別の時代、違う年齢だったなら、もしかすると僕も彼女に告白していたかもしれない。でもその代わりに、バレリーナになる決心をしたアリシアが、あれほど純粋な優しさに満ちた目で見つめてくれることはなかっただろう。今思い起こしても、あの晩のアリシアの笑顔ほど幸福に満ち、美しい表情はあとにも先にもなかった。その後、彼女が大学に入学した時も、あるいは初めて恋人ができて報告に来た時も、トゥルヒーリョ・バレエコンクールで優勝した時も、オランダのバレエ団に入団するためヨーロッパに旅立つ時も、あの晩に匹敵する笑顔を見ることはなかった。だから僕は、彼女が宙を舞う羽か空に浮かぶちぎれ雲のように、もしくは空気の精シルフィードのように、僕の人生から飛び立ち遠ざかっていっても構わなかった。

第五章　カミーユ

誰でもいいからつねに傍にいてほしい、
それは独り者に特有の習性と言えよう。
純愛と慰めを求めて、
深窓の佳人を、私は新たな友とした。
『よき愛の書』167節

アカデミーの中でも口の悪い講師たちが「カミーユは修道女になりたいらしい」、「フランス女の名前をした貞潔娘ってことかい？」と噂話をしては笑っていた。実際多くの娼婦がブリジットやジュリエット、マドレーヌといったフランス人の名前を使って商売をしているので、その中に欲情とは無縁の純情な乙女がいるなどあり得ないと思ったのだろう。その上一九七九年のペルーでは、フランスかぶれの男たちの話題と言えば、大抵は革命か性風俗と相場が決まっていた。

政治意識の高い自称知識人の男たちは、ミシェル・フーコーの著作と雑誌『アナール[16]』を貪り読むか、あるいは、弁証法的考察に明け暮れつつ、アルチュセール[17]夫妻の生き方に憧れる。一方教養よりも好色さが勝る男たちは、ナイトクラブの部屋を時間単位で借りて饗宴を催し、下心丸出しで淑女気取りの女たちをもてなす。それもできぬ男たちは、港町カジャオに名立たる娼婦館〝トロカデーロ〟に通う。中には哲学的側面と性欲的側面の双方を兼ね備えている強者《つわもの》フランスかぶれもいた。軍事政権下の革命政府で大臣を務めたとある将軍などは、ジャン・ポール・サド、サルトル侯爵といった具合に両者を混同したまま引用していた。フランス的という意味において、両者は十分両立し得る性質のものではないか。六八年が成したみごとな偉業も69《シックスナイン》で行なう淫らな行為も、まさにフランスの真髄と呼んでいい。しかしカミーユは違っていた。

　彼女のまなざしにはどこか相手を困惑させる穏やかさがあり、両手の仕草ひとつを取っても、聖書で語られるイエスの奇跡、つまり魚を増やして分け与えた場面を思い起こさせる。口から発せられる声には、修道女たちが聖母マリアを称える時の祈りにも似た柔和さを宿していた。カミーユを眺めながら僕は、パリの守護聖女ジュヌビエーブ、フランク王妃だった聖クロティルダ、フランスの聖女ベルナルデッタといった数多くの聖女を思い起こしながら、ついルルドの聖母に祈りを捧げた。どうかこれからも彼女が彼女のままでいられますようにと。なぜならカミーユは、フランスとペルーの首都リマとその周辺地域にとっての精神的遺産だったからだ。

　カトリカ大学の入試が三月に終わると、トレナ・アカデミーでは不合格者を集めて、リマ大学の入試に向けた講座を開く。前学期と同じ生徒が多い中で、また同じペルー史の授業をするのは

▼16　歴史学の新しい領域を切り拓く研究を打ち出したフランスの雑誌。思想的にはリベラルである。

▼17　ルイ・アルチュセール（一九一八‐一九九〇）フランスのマルクス主義哲学者。フランス共産党の女闘士エレーヌ・ルゴティアンと結婚し、当時の左派知識人にとっては〝時の人〟だった。

気が引けたが、カミーユはそんな僕に微笑みかけ、僕の言う冗談はこの夏の間何度も聞いたと言って、しばしばからかってきた。その状況では僕だって、彼女に注目しないわけにはいかない！カミーユを想うだけで、思い出したくない過去の数々の失恋劇が忘れられた。彼女が修道女になりたいというのは本当だろうか？

五月の錆《さび》つく曇天の午後、僕は自分の疑念を晴らすべく、週末の食事にカミーユを誘ってみた。すると彼女は僕のことを、まるで神の啓示を伝えるべく出現したものの、不可解なメッセージを告知してしまった天使のように、しばし見つめた。永遠にも思えた長い沈黙のあと、ふたりきりなのかと訊いてきた。僕は思わず「神はつねに私たちとともにおられる」と言いかけたが、単なる神への嫉妬心から「そう、僕らふたりだけだ」と答えた。

カミーユは相変わらず、詮索するような目で僕を見つめている。そのまなざしには、アフリカ辺りの小村で活動する修道女たちと同じ寛容さが感じられた。未開の部族の一団が、隣村の部族のひとりを虐げている。それを見て仲裁に入り、優しく彼らを叱責して諭す、そんな聖職者の目だ。またもや長い沈黙が続いたのち、ようやく口を開いた。傲慢の罪によるわたしの思い過ごしならば、どうか許してほしい。もしやあなたはわたしに気があるのか？　だとしたら好意はありがたいが、神に奉仕するのがわたしの歩む道なのだと、理解してほしい。だからできれば今後も、友情と同胞愛以外の心で自分を見ないでほしいと。

そんな言葉を返されたら、僕以外の人間は落胆するに違いない。だが申し出を拒否されることにかけては老練の域に達していた僕ゆえに、それに対する備えも万全だった。すかさず、彼女と目を合わせることもなく洩らす。「君が考えているようなことではないよ。実は今、信仰上の危機に直面していてね。僕が信仰を取り戻すのに力になってくれるのは、君だけだと思ったんだ。カミーユ、君と同様に、僕にも何らかの使命があるのだろうか？　神がまだ僕を見捨てずにいて、君の奉仕を望んでいるとは考えられないだろうか？　だとしたら、どうか僕の頼みを拒《こば》まないでくれ、カミーユ」

感激の涙を浮かべたカミーユは、多大な同情心で僕を抱擁する。平穏な気分に包まれた僕は、フランス革命時の「自由・平等・友愛」の三つめの余韻と、彼女のぬくもりを存分に味わった。拒絶された割には悪くない展開だ。そんなことを考えつつ震える手で、いつまでも彼女を抱き締めた。

待ちに待った土曜日、僕は慎重に計画を練った。まずはパパの車で彼女を迎えに行く。次いでおしゃれなイタリアン・レストラン、ロクシでパスタ料理を堪能する。食後はバー、サルヘント・ピミエンタ（サージェント・ペパーズ）でビートルズの曲をＢＧＭに語らい、最後はパブ、チェルシーでふたり、やや緊張ぎみにカクテルを傾け、夜のひと時を過ごす。約束の時間を待つ間、僕は至福の気分を味わっていた。少なくとも僕の頭の中では、すべてが万事順調だったが、現実は違っていた。

初めて会ったカミーユの両親は、僕に好意的に接してくれた。大学では何を専攻しているのか、アカデミーでは何を教えているのかを尋ねたあと、ウチの家族について質問してきた。主治医が僕と同じ名字だとのことで、親戚なのかとも訊いてきた。思いがけぬ偶然を僕は吉兆と捉えた。夜中の十二時までには戻ってくるようにと念を押され、僕らふたりはそそくさと出かけた。時間を無駄にするつもりはなかった。

夕食の間、僕はカミーユに、なぜ修道女になりたいのに大学に進学するのかと尋ねた。彼女によると、入試に受かれば、アメリカの大学への入学資格が得られるのだという。カミーユはビジャ・マリア学院を卒業しているが、そこは有名な女子修道会が運営している。アメリカの本部、インマクラータ・カレッジへの入学と、請願を立ててその修道会に入ることのふたつが、今彼女が目指していることだと知った。信念を感じさせる物言いに、僕の方は素朴な疑問が口を突いて出てくる。何が君をそこまで駆り立てるのか？　信仰心というものは、それほど力があるものなのか？　これまで誰かに恋したことはないのか？

僕の問いかけに、カミーユが動じる様子はまったくなかった。これまでにも何度となく、同じ質問をされてきたと言わんばかりに淡々と答える。「この年齢で、真剣に恋する人などいないわ」と本気で口にした。「愛することは何もかも諦めること。だとすれば、わたしと同世代の若者は何も手放したがらないもの。以前つき合っていた彼氏がひどいエゴイストだったから、かえって自分の信仰心を再認識させられたの。自身であることを捨ててまでわたしを好きになれる。そんな男の子なんかいないわ」

好物のラビオリを数種類のソースで賞味したばかりの僕は、これが最後の晩餐にならぬようあえて反論しなかった。

「ところであなたは？　どうして信仰の危機を迎えることになったの？」今度は彼女が心配そうに尋ねてきた。

「君と同じようなことが僕にも起こってね」ごく自然に応じる。「僕が自分の使命を全《まっと》うできる、心からそれを願ってくれる女の子とは出会わなかったからさ」

するとカミーユは僕の手を取り、吐息混じりにつぶやいた。わたしたちが今、こうして話し合っている。神は何を望んでいるのかしら。あまりに情熱的な物言いに、僕はすかさずウェイターを呼んで勘定を済ます。誰にでも一生に一度は、魔法に溢れる夜が訪れる。とりわけカミーユが〝サルヘント・ピミエンタ〟ではなく、もっと落ち着いた静かな所、ふたりきりで車内で過ごせる場所に行きたいと言い出した時には、よい兆しだと踏んだ。「どうせなら海岸通りに行ってみない？　カップルたちがよく行く所なんでしょう？」僕はほとんど夢見心地でアクセルを踏んだ。予期せぬ展開にまるでカミーユが、煮え立つ聖水で茹でたラビオリのように食べ頃になったかに思えた。

海岸通りは恋人たちのメッカだ。潮騒のメロディーと海の香りに誘われて、キス、愛撫、セックスといった情欲に満ちた空間を求める男女がうようよしている。カミーユが、よりにもよってそんな所へ行こうと言い出すなど、誰が予想しただろうか。困惑と感謝の狭間で僕は自問し続けた。夜空に浮かぶ満月が、黒い波の上に淀んだ姿を映していた。真っ白いはずのホスチア〔教会で礼拝時に、司祭が信者に与える薄いパン〕が、毒気と濁りを帯びた姿に見えなくもない。

すでに車が何台も駐車してあり、暗闇の中ではカップルがいちゃついている。空きスペースに車を停めてヘッドライトを落とした僕も、どうしようかと迷いつつカミーユの方を見やる。まずは何も言わずにキスしてしまうか、あるいはキスをしてからは無言でいるべきか。そんな風に迷っていると、彼女はバッグからロザリオを取り出し、敬虔な面《おも》持《も》ちでそれに口づけをしてから、真顔でひと言口にした。「一緒にロザリオの祈りを唱えましょう。あなたが信仰を取り戻すために、それと車の中にいる罪深き人たちが誘惑に陥らないためにも」彼女の申し出に、自分がアーメンと答えたかどうかはもう忘れてしまったが、僕がロザリオの祈りを知らないと正直に打ち明けた時の、カミーユの驚きぶりはしっかりと記憶している。

彼女は、神父が聖書の教えを説く時と同じ、語りかけるような口調で、僕に説明してくれた。神聖なるロザリオには〝喜び〟、〝苦しみ〟、〝栄え〟の三つの神秘〔二〇〇二年に〝光〟を加え四つに変更〕があり、それぞれがさらに五つに分かれている。アヴェ・マリアの祈りを十回唱えるごとに、パーテル・ノステル（主の祈り）を一回唱えるのだと。ところが根っからの文系である僕は、回数が多いせいかなかなか要領を得ない。そんな僕に半ば呆れたカミーユは、自分と一緒に祈るだけでよしとした。

折しも土曜日は喜びの神秘に当たる。しかも土曜の晩だ。手にしたロザリオの珠をひとつひとつ繰りながら、自分の祈りに没頭するカミーユ。彼女の手の中でリズミカルに動いていく数珠玉も神秘的だが、海岸沿いに停まったままの車が揃って規則正しく揺れている、その動きの方が神秘的な歓喜に溢れている気がした。おそらく女性遍歴豊富な男であれば、もうこの瞬間には彼女を抱き締めていたのだろうが、未経験者の僕はそうはいかない。僕は僕なりに過去の経験から、相手の女の子が革命を望むのなら革命を、ロザリオの祈りを望むのならロザリオを与えるのが妥当であると判断した。その一方で、自分が一介の信者では、カミーユの心を捉えることはできないことも悟った。信仰心が巨大な山を動かすのであれば、僕にとっての雄大な山であるカミーユをも動かすに違いない。そこで僕は、キリストが神殿から商人たちを追い払う場面を思い起こし、僕も海岸からフランスかぶれの若者らを追い払うことにした。

まずは時刻を確かめ、静かに祈りを捧げているカミーユに意識を重ねて、僕も同じことを祈る。ごくりとつばを飲み込み、過去に信念を貫いたがために殺された殉教者たちの霊に憑かれた男のように、雄叫びを上げながら車外へ飛び出し、まっすぐ車列へと向かった。

「罪人《つみびと》たちよ、今すぐ悔い改めなさい！」（〝ちょっと、何？〟）。「神が見ていないとでも思っているのか、えっ？」（〝こっちに来るなよ、馬鹿野郎！　ぶっ殺すぞ！〟）「おお神よ、怒りを鎮めてください！　どうか復讐心も恨みも抱かぬことを願います！」（〝ちょっと！　早くわたしの服を取って！〟）。「今この場にどれほどの未成年者がいるのか？」（〝放せ、バネッサ。あの野郎、こてんぱんにしてやる！〟）。「じきに君たちの両親が到着する。あとは各自が向き合ってどうにかするがいい！」（〝やだ！　車を出して、早く早く！〟）。

轟音と砂埃《すなぼこり》を上げながら、脱兎のごとく車が逃げ出していく。直立不動でそのさまを見届ける僕の背に、突然誰かがしがみついてきた。僕にとって最悪なのは、暴漢から頰を殴られることよりも、神とカミーユからもう一方の頰を叩かれることだった。だが振り向いた僕の前にいたのは、逆上した男などではなく、恍惚状態で僕を見つめるカミーユだった。悦楽の極みである第七天〔天国の七つの階層の最上位〕から地上に舞い降りてきた天使の表情で、僕を見つめている。

「こんな人に出会ったのは初めてよ」吐息混じりの声で囁く。「あなたって素晴らしいわ」感極まって僕を強く抱擁する。彼女の瞳に映った満月が、聖なるホスチアのごとく輝き、揺らめいていた。僕が夢見た瞬間であり、それは奇跡とも兆しとも呼ぶべきものだった。彼女が僕を愛しているわけではない。だが寸前まで漕ぎ着けた。

車で家に送り届ける道中、彼女は宗教の話をし続けた。ライオンの洞窟に投げ込まれた預言者ダニエル、新約聖書の「使徒行伝」、純潔の殉教者である聖女マリア・ゴレッティ……。僕の果敢な行為に魅了されたのは確かなのだが、テンプル騎士のような英雄として僕を見るのではなく、むしろ殉教者を崇拝するかのまなざしで僕を見つめていた。「明日、マルコーニの教会での正午のミサに一緒に行きましょう」法悦に浸ったままの顔で命じた。「ハロルド神父に会ってもらいたいから」僕はやや不安になり始めていたが、彼女に従った。カミーユがミサに行けと言っている以上、僕は行くしかない。

信号無視をしながらフルスピードで車を走らせた。ふとウチの両親が、マルコーニ通りの教会で結婚したのを思い出した。「これもまた、神の導きだろうか？」僕が毎日祈りを唱えられるようにと、カミーユは自分のロザリオを貸してくれた。僕はそれが彼女の母親のもの[18]でないことを願った。なぜならば、もう僕のものにするつもりだったからだ。相変わらずフルスピードで、赤信号を無視し続ける。僕の未来に初めて青信号が灯った気分だった。ドン・キホーテではないが、〝クラクションが鳴っている。前進の合図だ[19]〟と思った。そして周囲に構わず、アクセルを踏み込んだ。その晩は、ついに僕の守護天使が現れた気がしていた。

家に着いても、翌日のミサのことを考えるとなかなか寝つけぬまま、初聖体〔カトリック教会で幼児洗礼の数年後に初めて受ける聖体拝領の儀式。男女とも白服で正装する〕の時のことを思い出していた。前日に抱いた不安、ミラフローレス教会にほのかに漂っていたユリの香り、初聖体の記念アルバムができ上がった時のある種の優越感、白服姿の同世代の子ばかりで病院にいるような雰囲気だったこと。なぜか不意に、苦悩するカミーユの顔が目の前にちらつき、僕は得も言われぬ自責の念、あるいは困惑に駆られた。いったいそれがど

▼18　ペルーのワルツ「わたしの母のロザリオ」の歌詞《わたしの母のロザリオを返して／ほかのものはすべてあげるから》より。
▼19　『ドン・キホーテ』の名セリフとされながら、該当箇所がなく偽作ではないかとも言われている《サンチョよ、犬が吠えている。前進の合図だ》の改変。

んな感情だったのか、その時もわからなかったし、今でも何だったのか理解できない。

翌日の午前十一時四十五分、僕は恋心と戸惑いを抱いたままマルコーニ教会に着いた。玄関先ではカミーユが、ハロルド神父と一緒に僕を待ち構えていた。毎週来ているであろう子どもたちが、神父の前に集まりひとりひとり祝福を受けている。どの子も正装しているせいか、ポマードをつけた鳩が神父の手をついばんでいるふうに見える。教会の人たちの歓迎ぶりには違和感を覚えた。何だかブロードウェイのロックミュージカル「ジーザス・クライスト・スーパースター」の二番煎じに思えなくもない。というのも、合唱隊が賛美歌とスペインのコーラスグループ、モセダーデスのヒット曲を歌う中、カミーユまでもが仲間たち同様の作り笑顔で僕に挨拶してきたからだ。極めつけはハロルド神父で、芝居がかった調子で両腕を広げ、わざわざ僕を抱き締めてきた。僕はまるで自分が、イエスの奇跡で蘇生し、墓穴から出てきたばかりのラザロにでもなった気分だった。そして信者たちの歓喜の声に包まれながら、僕も神父と一緒に教会内に足を踏み入れた。いや、ラザロというよりは、イエスがエルサレム入城の際に乗ったロバに近いかもしれない。いずれにしても、僕自身が愚かなロバであることに変わりない。

その日のハロルド神父の説教は、みごとなまでに好戦的だった。「今の世にはびこる肉欲の罪はいずれ潰《つい》える運命です。数カ月前に選出された新教皇の下《もと》、世界から根絶されるからです。全能の神が純真な信者ひとりひとりの心に息吹を吹き込んでくださっています。実は昨日、キリスト教圏の片隅であるこのペルーの地で、果敢にもひとりの戦士がキリストの教えを携え、姦淫者たちに挑みました。『黙示録』の世における、悪との戦いの幕開けに身を投じた兄弟です」その場に集った善良な人々が、うっとりとした視線で僕を眺めているのに気づき、正直身震いした。即座に僕は、心の中で父なる神に祈ってしまう。〝この杯をわたしから取り除いてください。しかし、あなたの願いではなく、わたしの心のとおりにしてください〟[20]。

他の信者たちと違ってカミーユだけが、僕を見ることなくその場面を静観している様子だった。乾いた唇を半開きにしたまま、目には見えぬ聖霊に語りかけているようにも見えるし、あるいは崇高なものに思いを馳せているようにも見える。哀れカミーユ。崇高なもの、神聖なものには、一度誘惑に陥り、身を汚した末に到達できるということを知らない。

「なぜ聖体拝領をしなかったの？」ミサ終了後に、彼女が訊いてきた。

「まだ心の準備ができていないからさ。自分の中に迷いがあるうちはしないつもりだ」

実のところ、僕に迷いなどあるはずもなかった。唯一の望みは、僕が吐露した真情の輝きに、カミーユの心が屈することだけだった。その日以来、僕は毎週日曜日にマルコーニの教会でギタ

▼20　イエスはオリーブ山の麓《ふもと》で父なる神に対し、《どうかこの杯（十字架刑）をわたしから取り除いてください》と祈るものの、最終的には《しかし、わたしの願いではなく、あなたの御心のとおりにしてください》とみずからの受難を受け入れる。ここでは後の文を、言葉を入れ替えて引用している。

ーを弾くようになり、信者たちとともに神秘的な雰囲気に浸って前夜祭を祝い、献金箱を手に通行人に寄付を呼びかけるまでになった。教会から頼まれて、少年たちに性道徳を教えることさえあった。自慰行為は記憶力を低下させるばかりか、他の能力にも悪影響を及ぼすので避けるべきなどと説いた気がするが、今となっては僕自身、何を言ったかすっかり忘れている。

三カ月以上にわたって僕は、フランシスコ会士並みの忍耐強さと、ベネディクト会士特有の説得力、イエズス会士顔負けの周到な根回しでカミーユを誘惑しようとしたが、慈愛に満ちたカミーユは、ものごとの枝葉ばかりに気を取られ、本質を捉えることができない。無知蒙昧という名の後光に包まれたまま僕に、「どこの修道会に入るつもりなの？」と質してくるほどだ。

時が経つにつれ、僕は自分の献身ぶりが無駄であると認識した。僕が信者たちにとって崇高な行為をすればするほど、彼女は僕から遠ざかる。善良なカトリック教徒は隣人を改心させることには熱心だが、隣人によって自分の考えを変える気はさらさらない。その現実を突きつけられた。カミーユを巡る僕の戦いは、矛盾以外の何ものでもなかった。僕が彼女の女子修道院入りを阻止しようと望む一方で、彼女の方は僕を宣教師としてカンボジアに送り出したがっている。しばしば彼女は、禁欲と清貧に徹するカプチン会士にも似た羨望のまなざしで、修道会によっては、僕を殉教者候補として迎えてくれるかもしれないとまで言っていた。たぶん彼女は彼女なりに僕を愛してくれていたのだろうが、僕が必要としていたのは、むしろ『春のソナタ』[▼21]のような、信仰とは無縁の愛の方だった。

彼女が無事に大学に合格し、これでインマクラータ・カレッジへの入学準備が整ったと伝えてきた時、それでも僕には、まだ最後の切り札が残っていると思った。それは誠実さだ。自分を偽ったことで失敗したとしても、真実を語ることで、まだ運命を逆転できるかもしれない。イエスも言っていたとおり、真理は僕らを自由にする。しかし問題は、どうやってカミーユを僕の真理の虜にするかだ。一方的な真理に毒された者たちに、真実を語ったところで理解してもらえるだろうか。

土曜の晩は長く痛々しいものになった。まるで難産の末に生まれたものの、すでに息絶えた赤ん坊に直面したかの苦悩だった。果たして自分が下した決断は正しかったのだろうか、と何度も自問したが、結局は真実を告げる以外にないとの結論に至った。偽り続けたことへの後悔の念に駆られ、まだ何も知らない幼い頃に経験した初聖体の記念アルバムを眺めながら夜を過ごした。窓から鈍い光が差し込んでくるまで、夜が明けたのに気づかぬほどだった。

▼21　スペインの作家ラモン・マリア・デル・バジェ・インクラン（一八六六‐一九三六）の官能小説四部作のひとつ。主人公のブラドミン侯爵が、修道女を志す二十歳の娘を誘惑しようとするが失敗に終わる様子が綴られている。

正午のミサで僕はいつものようにギターを弾き、最初の聖書の朗読役を務めた。次の者に交代する際、僕はかしこまった口調で「最悪の罪人たちのために祈りましょう。また、彼らのために祈る者が絶えぬよう、そのためにも祈りましょう」と呼びかけた。「みなで主に祈りましょう」とカミーユが応じる。僕は青ざめた顔で彼女に近づき、聖体拝領をしたいと囁いた。喜びに輝く彼女の顔を目にした瞬間、よっぽど予定を変更してしまおうかと思ったが、彼女の手が僕の手を求めて握ってくるのを感じ、自分を叱咤する。「カミーユ」とつぶやく。「僕は君を迎えるのにふさわしくない人間だと自覚している。だからこそ、たったひと言、言ってほしい。君と結婚するにはそれだけで十分だ」それから僕らはふたり並んで聖体拝領した。互いに見果てぬ夢を見続け、平行線をたどっていく新郎新婦のように。

彼女と手をつなぎ、五月二日大通りを端から端まで歩いた思い出を、忘れることはないだろう。ジャカランダ〔中南米原産のノウゼンカズラ科の低高木〕の青々とした香りに包まれている間、僕は幸せだった。彼女の家の一ブロック手前まで来た時、僕は立ち止まり、勇気を奮って、彼女に好きだと告白した。すると即座に「わたしもあなたが好きよ」との言葉が返ってきた。僕は納得しきれずに、そうではなくて、僕は君を愛しているのだと言い直す。次いで彼女の口から、僕が一番恐れていた言葉が出てきた。「わたしもあなたを、わたし自身を愛するのと同様に愛しているわ。主がわたしたちにそう教えてくださったように」そこで僕は、感傷的な思いとやり切れぬ思い、それに欲望が加わった状態で彼女を抱き締め、首筋に顔を埋《うず》めた。僕の唇が働いた冒瀆を前に、彼女の体がギターの弦のように張り詰め、頰が紅潮する。逆に首筋からは血の気が失せ、わなないている。

「な……なぜこんなことをしたの？」慄きながら叫ぶ。

「なぜって、君が欲しいからさ」その後の結果を百も承知の上で答えた。「君が修道女になるのを止められないのなら、せめて僕のことを、単なるエセ信者ではなく、ひとりの罪人として記憶してもらいたいからね」

「あなたのことなんか思い出すものですか！　わたしにとっては存在しないも同然よ！　この恥知らず！」

「どうしてさ！　君は最悪の罪人たちのためにも祈るんじゃなかったのか？」皮肉混じりに言い返す。

「最悪の罪人とは、みずから神の道を踏み外す者よ。女の子と見るや節操なく手を出す人のことではないわ」詭弁を弄して応酬してきた。

「だったらこれを受け取ってくれ」初聖体の記念アルバムを手渡しながら告げる。「これをどう処理すればいいかは、君の方がよくわかるはずだ。読みとおしてくれれば、もっと別の目で僕を見られるようになると思う」それだけ言い残して立ち去る。僕の人生から彼女を遠ざけると同時に、彼女の人生に自分の痕跡を刻みつけるためにだ。

その日のうちに、何者かがウチの郵便受けに小包を置いていった。開封してみると予想どおり僕のアルバムが入っていた。そこには簡潔だが、異様な冷たさを感じさせる文章が添えられていた。《キリストさえも口から吐き出したあなたが、わたしを飲み込めるとでも思っているの？あなたはわたしと一緒に、自分のために祈りなさい。カミーユ》

僕はしばしし、アルバムの真っ白い表紙を眺めていた。何枚もの聖人の肖像画をはじめ、幼児洗礼時に被った縁なし帽、初聖体への招待状に九日間《ノベナ》の祈りで使用した文書、ほかにも当日司祭が長衣を締めていたひもや、友達のロウソクの滴《しずく》に至るまで、ありとあらゆる思い出が集約されていた。幼い日の僕に、これほどの品々を集めさせた信仰心。それがどんな性質のものだったのか、今となってはわからない。おそらく僕のアルバムは、単に兄のものよりもよい出来だっただけにすぎない。だがカミーユには、それさえも理解する心がなかったようだ。彼女が見せた驚愕ぶりと嫌悪感が、僕が払った代償だ。でも彼女の方も、祈るたびに僕を思い出すに違いない。自分を捨てた男に対し、いつまでも怨恨を抱き続けて暮らす愛人のようにだ。

一枚一枚をめくるうちに最後のページに達した。そこには初聖体の儀式の際に、僕が飲み込むことのできなかったホスチア、すなわちキリストの体のかけらが貼りつけてある。カミーユがくれた短い手紙も、最終ページに貼りつけるのがふさわしいと思った。善良なキリスト教徒としての慈悲の念を僕にも彼女にももたらしたであろう、ふたつのできごとの証《あかし》として。

第六章　アレハンドラ

けれどもそこは、愛を語るにはふさわしくない場所だった。
私は得も言われぬ不安と戦慄に襲われる。
両手も両足も、自分のものではなくなり、
正気も気力も力も失い、血の気が引いていくのがわかった。
『よき愛の書』167節

金髪の白人が〝いい男〟の代名詞となった時も、僕は自分が黒髪で褐色の肌をしていることに引け目を感じたことはない。背の高い男がもてはやされても、自分の背の低さを気に病んだことはないし、小柄ながらも褐色で端正な顔立ちが注目された時も、自分の醜い顔を悔やんだことはない。けれどもローラースケートができぬ状態で恋をした時には、文字どおり面目を失った思いだった。

実際、背が高いブロンドの超美人を射止めるのに、自分も背が高いブロンド美男子である必要はない。少なくともその時代に即した、求愛の手順なり洗練されたやり方を心得ていればという前提でだが。モトクロスが流行《はや》った時には、まずあのスピードと震動を見ただけでめまいがした。サーフィンが流行った時にも、海そのものに身がすくむほどだったから、見ぬふりをしてやり過ごした。ダイビングが流行った時だって、頭から水に飛び込む若者の姿に驚愕したほどだ。憧れの女の子との一夜限りの戯《たわむ》れを目当てに、男たちはさらに高い〝嵐が丘〟[22]から飛び込んだ。自分のために危険を冒す男たちのことを、自慢する娘は少なくない。ある時、仲のいい女友達が僕に訊いてきた。「あんたもあの人たちみたいに飛び込みたいと思う？」僕としては、ジャンプ台から海やプールに飛び込む過程を飛び越して、直接相手の胸に飛び込めたらというのが本音だったが、むしろ同世代の者たちを静観する立場のままだった。

　ところが一九八〇年、アメリカ映画『ローラー・ブギ』が首都リマにも上陸した。街じゅうのディスコを席巻したミュージカル映画は、多くの若いカップルに喜びをもたらしたばかりか、おそらくは外科医たちにも多大な恩恵をもたらした。ジョン・トラボルタとビージーズの旋風が去っても、女子はサリシオのごとく、男子はネモロソのごとく[23]群れをなし、スーパートランプの軽快な曲に乗ったままローラースケートで疾走し続けていた。その時その時の流行が何であれ、本質は変わらない。土曜の晩の熱気、サタデー・ナイト・フィーバーが、ローラースケート熱に取って代わっただけだ。そしてローラースケートができない者は、異性を口説くことさえ不可能になった。

▼22　イギリスの小説家エミリー・ブロンテ（一八一八‐一八四八）のロマンス小説『嵐が丘』の引喩。
▼23　サリシオとネモロソは、スペインの詩人ガルシラソ・デ・ラ・ベガ（11頁註2参照）の『牧歌』に登場する恋する牧童たちの名前。「サリシオ」を「塩《サル》」からの派生語と捉え、美しくも味わい深い女子を示唆している。一方「ネモロソ」には「森の」という意味があることから、野生的な男子を示唆している。

さすがに何もかもがうまく運んでくれるなどとは考えてもいなかったし、自分の恋愛遍歴書に新たな一ページを加えるためだけに時流に乗るのもためらわれた。遅かれ早かれ、僕もローラースケートを履く日が来るかもしれないと、心のどこかで思っていた。でもその一方で、二カ月以上も恋とは無縁の日々を過ごしていたことから、慎重に行動したかったのも確かだ。KO負けするよりは、何とか防戦しながら判定負けに持ち込みたいボクサーの心境に近かった。

ともかく僕の思いとは裏腹に、リマの街は一夜にしてローラースケーターで溢れることになった。高校や大学の構内、公園、堤防など、場所さえあれば練習に励む若者たちが急増した。みな週末に、バランコ公園やミラフローレスの断崖上に新設された壮観な野外ステージ、〝コンチャ・アクスティカ〟で、理想の相手を探し求めるためにだ。実際そこでは、ローラースケートを履いたまま生まれてきたのではないかと思わせる絶世の美少女たちに出会えた。稲妻のように駆け抜けたかと思うと、優美な動作で愛嬌を振《ふ》り撒《ま》く。瞬時に通り過ぎるのと輝きを伴っているという点では、どの女の子も僕には手の届かぬ流れ星に映った。僕はひとつひとつの美しき流れ星が目の前を通過するたび、これまで一度もかなわなかった夢の実現を願った。対象となる女の子は毎回違っているが、僕の願いごとはいつも同じだった。

ある土曜日のこと、僕はダンテとパロマ、モニカの三人とバランコ公園で待ち合わせをした。ダンテは僕が講師をしているトレナ・アカデミーの副院長で、パロマは彼の妻だ。モニカはパロマの妹なのだが、そのモニカがひとりの女性を連れてきて、僕に紹介してくれた。美しきアレハンドラだ。アレハンドラはリマ大学への進学を目指して、トレナ・アカデミーの入学手続きを済ませたばかりだという。ガードを固めていたはずの僕は、瞬時に彼女に魅了された。ドン・キホーテが恋い焦がれたドゥルシネア……ああ、わが麗《うるわ》しのアレハンドラよ。ふと周囲を見渡すと、颯爽と滑り続ける人々の姿が目に入る。この状況下で彼女を射止めようとなると、心のバッテリーを充電するのはもちろんだが、ローラースケートも不可欠だと悟った。

子どもの頃、ローラースケートを持っていたが、とても僕には使いこなせなかった。今と違っておもちゃのような単純構造だったにもかかわらずだ。しかしその後、流行が再燃した時には、より複雑なものに進化しており、スペイン王立アカデミーの辞書にある説明のような、《刃状あるいは二組の車輪を伴う金属板で、靴に装着して使用する》ものではなくなっていた。一九八〇年のローラースケートは、みごとに靴と一体化し、幼い頃に見たものとは、機能面でも装飾面でも雲泥の差があった。車輪で走るという点では、何ら昔と変わりないのだが、やはり目新しさという点では、あまりに衝撃的だった。

その時代にはその時代に見合った偉業なり英雄なりが、大抵は存在するものだ。人々の心にロマンの炎を灯す歴史的なできごと、あるいは勇猛果敢な人物や悲劇のヒーローなどいろいろだ。イタロ・カルヴィーノの『木のぼり男爵』などもそのひとつかもしれない。幸か不幸か僕は、スポーツ的な要素が重視される時代に生まれてしまった。しかも従来の競争以外に付随するものが多すぎる。僕のように運動能力が劣る人間にとっては、ゲームに敗れるだけでなく愛や自尊心、さらには結構な額の金まで失うことになる。実際、僕にとってローラースケートは、いまいましいほどに高くついた。店で注文したが、商品はマイアミから取り寄せる形になった。しかも靴が届くまでの間は、スケート場で借りることになったが、貸靴一時間当たりの値段がとにかく高い。ビートルズのＬＰレコード一枚分、もしくはお気に入りの出版社のペーパーバック二冊分に相当した。僕が最初の一週間で練習に注ぎ込んだ金額だけでも、プルーストの『失われた時を求めて』全七巻が買えるほどだった。今思えばこの不朽の名作のタイトル自体が、のちに僕が被る擦り傷、打ち身、青あざを予告していたのかもしれない。

意を決した僕はある週末、再びバランコ公園に足を運んだ。ご丁寧にも、ちょっと立ち寄ったふりをして貸靴を借りる。どうあがいても転ぶことは確実だ。実は事前に、自宅のガレージでの練習で、十分ほどは立てるようになっていたが、歩くとなると別だった。酔っ払った綱渡り師の足取りで、せいぜい何メートルか進める程度にすぎない。だが自宅と違ってバランコ公園内には、何百人というローラースケーターがいる。もちろんその誰もが、おぼつかない足取りの僕の傍を超高速ですり抜けていく。誰ひとりとして、これから遭遇する危険のことなど頭にあるはずもない。手慣れぬ様子で靴紐を結びながら、僕はアンデルセンの童話『赤い靴』を思い起こしていた。主人公の女の子が忠告を無視して赤い靴を履くのだが、その靴がいつまでも踊り続けて止まらなくなってしまう。脱ぐこともできずに、ついに首切り役人に両足を切り落としてもらうが、それでも靴は踊り続けていた、という話だ。

さらに僕の脳裏には、ホメロスの叙事詩と中世の北欧英雄伝説が蘇ってくる。叙事詩も英雄伝説も、気高い精神の勇士たちと彼らへの郷愁が綴られる。時には敗北の憂き目を見る男たちだが、そんな打ちひしがれた彼らを、美しき乙女や貴婦人たちが無限の優しさで癒してくれる。しかし悲しいかな、僕を取り巻く現実では、たった一度のつまずき、横滑り、転倒といったものが、人々の失笑や軽蔑のまなざし、敵意を引き起こしかねない。そこでこれ以上迷惑をかけぬために、自分が四足動物であり、しかもつい最近二本足で歩けると気づき、その上でスケート靴を履いてしまったのだとみなして、静かに場内を歩くことにした。状態としては自分の家の周辺を、街灯から街灯へ、植木鉢から植木鉢へ、ごみ置き場からごみ置き場へと、ひたすらゆっくりと進んでいく感覚だ。そして僕の歩みは、途中で出くわした石ころならぬ大男に、「おまえの運命は転がり続けるだけだ▼24」と告げられるまで続いた。

バランコ公園のローラースケート場は、若い男女の出会いの場、あるいはカップルが仲睦まじさを競い合う場と化しているため、みな自分の目先のことしか頭にないし、見えていない。その

▼24　メキシコの有名なランチェーラ「王さま《エル・レイ》」の歌詞《道に転がる一個の石ころが／人生はつまずきの連続だと教えてくれた》から。

ため、転倒している者を避けられずにひとりがぶつかると、玉突き事故へと発展していく。「イテテ……」や「おい、何やってんだよ！」という具合に、まだ状況が飲み込めぬまま、周囲で罵《ののし》り声がする。やがて人が集まり始め、「いったい何ごとだ？」、「誰だ？」と問い質《ただ》す声が増えてきたその時、僕は野次馬の中にモニカとアレハンドラの顔を見た。

自分が異常な状態にあったのなら、責任を追及されたところで気にもしないが、正常に恋をしている状態の僕は、今この場で、それも好きな女の子を前に必要以上に恥はかきたくない。ふとボルヘスが、『砂の本』を図書館に隠す前に、一枚の葉を隠すのに最適の場所は森だと言っていたのを思い出した。そこで迷うことなく、僕は立ちすくんだままのローラースケーターたちを手当たり次第に突き飛ばす。壊れた操り人形のごとくぶざまに倒れていく幾人もの男女の姿を見届けた。少なくともこれで、バランコ公園の騒動を引き起こした容疑者の数は二桁になるに違いない。騒動の発生源をそこらじゅうに撒き散らしたのだった。

自分が犯した罪と屈辱に苛《さいな》まれ、世の不条理を嘆きつつ、多大な負い目を感じながらも、どこか満たされた気分で帰途に着いた。まだサンチョ・パンサを従えていなかったドン・キホーテが、騎士として最初に出向いたものの、叩きのめされて故郷の村に戻ってくる。ローラースケートを履いた孤高の騎士としての初陣は、勝利こそ収められなかったが、敗北でもなかった。鎮痛剤と抗炎症剤にあやされ、ドン・キホーテに思いを馳せながら、僕は眠りに落ちた。

翌日、大学でもアカデミーでも、バランコの惨劇の話で持ちきりだった。首謀者はローラースケートと犯罪のプロ、しかも恨みを抱いた倒錯者だという。もっとも、目撃者たちの間でも情報は割れていて、犯人はフードを被っていたという証言もあれば、野球のバットで武装していたという証言もある。想像力が逞しい女の子などは、ブロンドの白人で、背が高い美男子だとまで口にした。結局一致したのは、男がローラースケートの達人である点だけだったが、なぜか最終的には金髪の白人、長身の美男子という説で落ち着いた。これで誰も僕を疑うことはないし、僕ですら疑いようがなくなった。

その日の午後、僕はアカデミーの休憩時間にアレハンドラに話しかけた。初出陣の夜に負った傷や脚を引きずる仕草を悟られまいとしたが、無駄なようだった。即座に、あなたも昨晩バランコにいたのか、彼を近くで見なかったか、と興奮ぎみに訊かれた。

「彼って誰？」

「事件の白人男に決まってるでしょ。知らないの？　巷《ちまた》の話題に疎《うと》いわね」

困惑しながら彼女の説明を聞いた。昨晩バランコのローラースケーターたちを襲ったのは、『ローラー・ブギ』の出演俳優のひとりで、現在リマに滞在中だという。映画では端役、それも悪役だったことに不満を覚え、スケート場で楽しげに滑る若者たちを見ているうちに怒りが込み上げ襲撃に及んだ。みな映画のシーンでその男を見たので間違いないだろうとの話になっていた。

「映画のシーンで？」戸惑いを隠せずに、思わず訊き返す。

「ええ。わたしもその場に居合わせたけど、まるで映画の場面そのままだった。何だかスポットライトが当たって、ＢＧＭまで聞こえてくる感じで、もう……カッコよかったわ」ため息混じりにアレハンドラは口にした。

ものごとは起こったとおりではなく、その人が覚えている状態で記憶される。以前何かで読んだことがあるが、想像にすぎないものでも事実として記憶されることを、アレハンドラは証明してくれた。実のところ白人の俳優がどうのこうのという話は、みなの思惑が反映されたものだった。虚栄心が強い男たちにしてみれば、それによってぶざまな転倒を正当化できるし、女の子たちにしてみても、哀れな白人が自尊心を取り戻すのに自分が力になれたらと夢見ることができる。ややや問題を抱えた金髪の白人、長身の美男子ほど女の子を魅了するものはない。僕が女の子たちを魅了したいとなると、問題を抱えていること以外は全部欠けている。

僕はアレハンドラの長い髪が気に入っていた。甘い香りが漂ってきそうなつややかな髪だ。華《きゃ》奢《しゃ》なくるぶしにも魅了された。脆《もろ》そうに映りながらもしっかりとグラマーな肉体を支えている。どうやら僕は、優美で繊細なものにも中身が詰まったものにも惹かれるらしい。極めつけは頬に塗られた化粧の跡だ。挨拶のキスをするたび僕の唇に、魔性の少女の頬に触れた感覚と、恵みのパウダーの味わいを残してくれる。彼女の魅力についてはこれ以上加えることはできない。ふたりの間に共通点があるのかどうかも知らなかったし、僕もあえて知ろうとはしなかった。正直なところ、とても手の届かぬ高嶺の花と一緒にいるという、およそあり得ない人生を空想し、楽しんでいるだけで十分だった。

理想と現実、ふたつの世界の狭間で暮らすことはさほど苦にならない。つねに報われぬ恋にさらされている者たちは、比較的穏やかに双方の領域を行き来している。言うなれば、一方の足を淡い妄想の地に、もう一方を厳しい現実の地に着けて立っている状態だからだ。但《ただ》し今回の場合、片方を不安定極まりない雲の上に、もう片方も不安定極まりないローラースケートの上に置くことを僕に強いている点は違っている。

こうして文字どおり地に足がつかぬままの僕の内面（感情面）と外面（路面）に、ローラースケートという名の鈍痛を伴う霧雨が降り続ける中、月日は流れていった。僕の性格と運動神経を考えれば、苦行としか思えぬスポーツの訓練に、なぜそこまで執着するのか。さすがに両親には理解できなかった。「子どもの遊びは卒業して、そろそろ恋でもすべき年頃じゃないの？」そうたしなめるママに、僕の方は悲嘆と当惑の目で応じるしかなかった。

七月半ば、注文していたローラースケートがマイアミから届いた。三カ月以上待った末、やっと手にした代物だ。深紅のローラー付きの黒い靴、しかも極上のケースに入っている。オーダーメイドのテニスラケットでも入っていると思われるそのケースを肩に提げたら、注目されるのは必至だ。何しろ最新モデルのスケート靴を持っているのは一目瞭然だから、当然それ相応の腕の持ち主だとみなされても不思議ではない。はやる心そのままに、僕は道具一式を背負ってアカデミーに赴《おもむ》いた。場合によっては実際の自分がどうであるかよりも、周囲が自分をどう見てくれるかの方が重要な時もある。

女の子たちの中でも、アレハンドラは最初に騙された口だ。新しいローラースケートを見るなり、〝全部アメリカ製？〟〝素敵〟〝エレガントだわ〟〝見るからに丈夫そう〟と称賛ばかりするので、僕が嫉妬したほどだった。

「ところで、やってる所を見たことないけど、あなたもローラースケートをやるの？」本当は自分が初心者であること、ローラースケートは大嫌いだが、彼女のためだけにやっていることを白状すべきだった。しかし彼女を失うのが怖くて、つい政治家気分で嘘をついた。「まあ、わかると思うけど、もっと広い場所じゃないととても練習できないからさ。人がひしめく中じゃあ、旋回や跳躍はもちろんのこと、僕自身のスピードでも滑れないし」

「あなたの滑り、ぜひ見せてもらいたいわ」星々の釉薬《うわぐすり》をかけたような輝く瞳で、一方的に話を締めくくる。「明日、ミラフローレスのコンチャ・アクスティカに行きましょうよ。金曜の晩なら人がいないから。ね？」彼女はそう言い残して頰に挨拶のキスをすると、そそくさと離れていった。僕にとってその別れ際のキスが、たとえ自分を装う意味では同じでも、単なる化粧と虚構という点で、およそ釣り合わぬ契約を交わした瞬間であったとも知らずにだ。

窮地に陥った僕に残された手段は、いつものごとく友人ロベルトに相談することだった。かつてレヒーナ・パシス校でのバレーボール仲間だった彼は、今やカトリカ大学の同期生であると同時にトレナ・アカデミーの同僚でもある。彼は僕にとって騎士に仕える従者、いや、むしろ僕の心情を察してくれる心の従者だった。僕がこれまで何に首を突っ込んできたか、それをすべて理解している数少ない親友だ。仮に問題があるとすれば、彼の人との接し方やものごとの捉え方が、この世のものとはかけ離れている点だけだ。ロベルトはまず、人生を達観した仏教僧のような平静さで、僕の話に耳を傾けた。事の次第が飲み込めたところで、しばし黙想に耽《ふけ》る。目を開くや否や、やってやれないことはないと応じた。まずは今晩、仕事のあとに映画館で『ローラー・ブギ』を観る。滑り方を研究した上で明日、約束の時間よりも二時間早くコンチャ・アクスティカに行って、練習をして備えようと言った。

リマの場末にある映画館ブロードウェイは、小便臭さと消臭剤のにおいが鼻につく空間だ。ウエスタン映画が上映される時には、なぜか厩舎のにおいが漂ってくるし、火星人が出てくる映画が再上映されても、やはり同じ厩舎のにおいがするから不思議だ。情事に満ちた映画の場合にのみ、麝香《じゃこう》やアラビアゴムのにおい、あるいは、すっかり温かくなってしまったセビーチェ〔ライム果汁を使った魚介類のマリネ〕のような、すえたにおいが漂う。客席にいるのは僕らを含めて八人ほどだったが、それでも辺りには不可解な腐臭が感じられた。ひょっとすると、ラブクラフトが小説で語っていた恐怖のにおいだったのだろうか？

映画『ローラー・ブギ』の一場面一場面、とりわけ主人公たちがジャンプやターンを鮮やかに決めるシーンがスクリーンに映し出されるたび、僕の狼狽ぶりも二倍四倍になり、ロベルトと映画館に来たことを後悔した。ロベルトの方はスフィンクスのように身動きひとつせず、涼しい顔で物語を追っていた。映画が終わってロビーに出ても、僕らはわずかばかりの言葉を交わしただけで別れ、それぞれ家路を急いだ。ふたりとも翌朝一番に大学の講義があったためだ。自分の口から途切れ途切れに吐き出される息が、薄絹にも似た霧の幻影を追い払うさまを眺めつつ歩く。暗鬱な霧と凶兆にまみれた眠れぬ夜に多少なりとも備えておきたかった。家に着くとママだけが起きていて、僕を見るなり何とも予言めいた言葉で迎えてくれた。「遅いから心配していたのよ。ローラースケートで何かあったのかって」

翌日の午前中、とても認識論に集中できる状態ではなく、二時間に及ぶ論理学の講義は永遠に続くかに思えた。僕は〝肯定によって肯定する様式〟よりも〝ローラースケートによってローラースケートをする様式〟のことで頭がいっぱいだった。昼時に一旦家に戻ったが、昼食を摂る気にはなれず、その時間をガレージでの練習に充てた。転倒するたびに自問を繰り返す。〝人生に衝撃はあるのだろうか、さらに強い衝撃が……わたしにわかるはずもない！〟[25]

約束の時間、僕はウエスタン映画の古典『真昼の決闘』さながらに、果たし合いに臨む思いで、ミラフローレスのコンチャ・アクスティカでロベルトと落ち合った。僕が四カ月かかってもマスターできなかったものを、どうやって二時間で身につけるというのだろう？「某君《ぼうくん》が滑っているのを見たことはあるか？」開口一番ロベルトが尋ねてきた。某君とはトレナ・アカデミーの最低レベルのクラスに通う男子生徒で、クラス内でも一番出来の悪い奴のあだ名だ。ある日の午後、僕は彼が休憩時間にローラースケートをしている姿を目にしている。「あいつにできるのだから、当然僕らにもできるってことさ」ロベルトは自信ありげに言い切ると、堂々たる態度でスケート場に出ていった。僕も彼のあとに続いたが、堂々というよりはむしろ動揺していた。

初めて滑ったにしてはロベルトの体の動きはそれほど悪くなかった。両腕でバランスを保ちながら一旦感覚をつかむと、すぐに全身を駆使して滑り始め、二時間の特訓中、三回しか転倒しなかった。彼にとっては、すべてが運動エネルギーの問題であり、両腕・両脚の理にかなった動作と四肢を支える胴体のバランスに集約されるらしい。その上彼は、驚くべき明晰さで予言までした。現在はトラックのタイヤのように二列になっている車輪は、力学的観点から見ても、いずれアイススケートの刃のような形に落ち着くに違いないと。わけがわからずにいる僕を見て、理論好きのロベルトが繰り返す。「単純な物理学だよ」しかし僕は、自分の体を支える重力の法則以外に、僕を苛む物理的要因がわからぬままだ。それに、僕がアレハンドラに惹かれる要因は、む

▼25　セサル・バジェホ（43頁註12参照）の詩「闇の前触れ」の一節。

しろ物質間における化学反応に思えてならないのだが。などと考えているところに、当の本人が──おお、わが麗しのドゥルシネアよ──ダンテとパロマ、モニカとイザヤとともに姿を現した。

「よお、凄腕のくせに隠すなんて水臭いぜ」挨拶代わりにダンテが言う。「ジャンプもターンもこなせるって本当?」とモニカまでもが訊いてきた。どう返答しようかと考えあぐねる僕の背後を、電光石火の勢いでロベルトが駆け抜ける。「おっ、ロベルトじゃないか!」イザヤが叫んだ。ちょうどその時、ロベルトが身を屈め、美しい曲線を描きながらカーブを通過してみせる。上体を折って滑る姿が妙にさまになっていた。

「名人芸だわ!」パロマが拍手した。「ねえねえ、今度はあなたがやってみせてよ」アレハンドラが僕にねだる。気が進まぬ素振りをして助走を始めた僕だったが、そこへ折よくロベルトが全速力で戻ってきたので命拾いした。彼は勢いに乗って身をひねり、みごとな回転ジャンプを披露した。これにはさすがに、みなが拍手喝采した。「いいぞ、ロベルト・ブギ!!」

猛《たけ》り狂う牛を誘い出し、巧みにかわして一撃を加える闘牛士ならばいざ知らず、僕は闘争心とは無縁の牛であり、いくら誘われたところで立ち向かう気は起こらない。むしろ慈悲にすがりたい気分だ。ロベルトに触発された友人たちが、われもわれもと体を温めるために滑り始める。その光景を前にした僕は、もう「カミカゼ」以外に手立てがないと悟るしかなかった。

ロベルトがさらにいくつか名演技をしたところで、パロマが「みんなで〝列車ごっこ〟をしましょうよ」と言い出した。よくパーティーが盛り上がった場面でやる〝列車ごっこ〟は僕も大好きだ。何しろお目当ての女の子の腰をつかめるからだ。だけどよりによってそれを、ローラースケートでするなど考えもしなかった。ロベルトが機関車となって先頭を務め、次いでアレハンドラがロベルトの腰をつかむ。その後ろに僕が並び、つい先日のパーティーでもしたように、半ば舞い上がった心境で彼女の腰にしがみついた。自分の後ろの車両がどうなっていたかは、その時点では知りもしなかった。

一周め二周めは、ロベルトもカーブでスピードを落とすなど配慮してくれたので、僕の方も安心してアレハンドラの輝きを間近で味わうことができた。感激に震える両手で、夢見てきた幻想の水壺、すなわちアレハンドラの腰を恭《うやうや》しくつかむ。恋する陶工が自分の内に秘めた想いを、みずからの両手で形にしていく時の厳《おごそ》かな気持ちに似ている。アレハンドラの細い腰は、一周するごとに材質が変わっていく。最後の晩餐でイエス・キリストは、パンとぶどう酒を自分の体と血であると告げて弟子たちに与えた。俗人の僕ゆえに聖体の秘跡には及ぶはずもないが、それでも僕の両手で撫で回されるうちに上質の陶器であった彼女の肉体が、甘いパンに変容していく奇跡を感じる。ロベルトはローラースケートを「単純な物理学だ」と言い切っていたが、もしかすると正しいのかもしれない。

最初の二周までは緩かったはずの運動エネルギーが、三周めでは運動学、四周めでは力学へと変容していき、不気味な相乗作用を起こし始めた。悲劇を予感させるエネルギーが、次第に増大していくのを感じる。それに伴い、固体だった僕の体が、いつの間にか液体から気体へと変質している。

愛はめまいを凌《しの》ぐのだろうか？　愛が僕らの人生にバランスをもたらしているというのは本当だろうか？　だとするとなぜ僕は、これほど多くの疑念や恐れ、吐き気や混乱に苛まれているのか？　僕がこの世で望んでいたのは、今アレハンドラに触れているように女の子と触れ合うことだったはずなのに。そのことに固執しすぎたために、僕は今、おおよそ化学とは無縁の、虚しい競争へと引き寄せられていく。風車に挑み、突進していくドン・キホーテのように。

ローラースケートの映画のシーンと、果てしなくそれを追い求める群れとどこかで決別しなければ、僕の抱える哀愁も虚無感も続いていくかもしれなかった。僕はラ・マンチャの男キホーテではないが、ラ・コンチャ（コンチャ・アクスティカ）の愚か者だった。

六周めに入った時、真の愛は私心を捨てた高潔な想いのみであることを悟った。そこで僕はいつものごとく潔く、文字どおりアレハンドラを手放して……後ろに連なる車両もろとも脱線した。月が海面にきらめき、星々に満ちた水平線の手前には、黒ずんだ断崖が輪郭を映し出していた。まるでポスターにでも激突したみたいだった。

その数時間後、僕は病院のベッドで、ママにもうローラースケートはしないと約束した上で、わが従者ロベルトに、形見として哀れなスケート靴を手渡した。アレハンドラの腰が一周ごとに変容していく感触、宙にたなびく長い髪の香り、化粧した頬に挨拶のキスをするたびに僕にノスタルジーを感じさせたことは今でも覚えている。もう何の未練もないが、いまだに戸惑うことがあるとしたら、あの鈍そうな某君とやらがどうやってローラースケートを覚えたのか？　なぜ僕は彼のように滑ることができなかったのか？　そのふたつに関しては不可解なままだ。それともローラースケートは、単純な物理学ではなかったのだろうか？

第七章　アナ・ルシア

女に愛情を注ぐ際、配慮すべきことがある。
心に別の女がいるのを悟られてはならない。
さもなくば、すべての熱意は月影と化して、
湖沼に種蒔《ま》く行為と変わらぬ無駄骨となる。

『よき愛の書』167節

新たな苦悩は前の苦悩を忘れさせてくれる。そう考えた僕は、自分の期待のすべてを、一九八一年九月に始まるトレナ・アカデミーの新学期に賭けた。その時期の新入生は現役の女子高校生たちばかりで、彼女たちは決まって、トレナの講師に恋い焦がれていると噂されていた。その上講師のほとんどが女子高生に恋い焦がれていたので、その学期の恋愛玉砕者数はかなり高くなることが予測された。

九月に入学する生徒にとって、翌年三月の入試はまだまだ先の話になる。アカデミーでは半年のうちの前半三カ月を、おもに高校で学んだ内容の復習に充てるようにしていた。一度学んだものを定着させるのが目的であると同時に、授業が理解できないことによる学習意欲の喪失を防ぐための配慮でもある。年が明けて試験の期日が近づくにつれて、生徒たちの緊張は高まっていく。しかし少なくとも十二月までは、生徒たちの関心事は高校卒業の単位取得や、卒業パーティー

（プロモーション、略して〝プロム〟と呼ばれる）でのダンスの相手探しに向けられる。
高校生活の締めくくりを男女のダンスで祝うのは、ペルーのよき伝統のひとつだと思う。オーケストラの生演奏をバックに、新調したスーツやドレスに身を包んだ卒業生が、胸の奥で温め続けてきた愛を告白する。まだ幼さが残る胸元で、ランの花を握った手を震わせて相手の言葉を受け入れる。まるで映画の一場面だ。仮にアメリカ人が同期生同士のパーティーを考案しなかったとしても、遅かれ早かれわが国では、同様の好ましきイベントが見いだされていたに違いない。もっともその場合、現在の卒業パーティーを指す〝ペルー・プロム〟と呼ばれていたか、あるいは現在、貿易と観光を推進している〝プロム・ペルー（ペルー輸出・観光振興庁）〟と呼ばれていたかどうかはわからないが。

いずれにしても男子にとって、プロムに招待されるのは名誉であると同時に、相手の女の子をほぼ射止めたに等しい。なぜならペルー人女性が誘う時、それは本気でキスしていると言われるからだ。▼26 僕は毎年のように美しき僕の女子生徒のひとりが、自分のプロムに一緒に来てほしいと言ってくれるのを期待していた。恋する男が空想に耽る状態ばかりが続いていた。トレナ・アカデミーの講師をしていて、誰からも誘われた経験がない。その現実を見る限り、僕は講師陣の中

▼26　スペインの歌の歌詞《スペイン人女性がキスする時、それは本気でキスしているのさ》から。

でも異質のタイプの人間らしい。

たとえば同僚のサンティアゴなどは、一年間で十一回も女子生徒からプロムに招待されている。一流高校、二流高校を問わずだから、まるでサッカーの一部リーグと二部リーグをそれぞれ制覇した状態と言えよう。ひるがえって僕の方は、たとえ誘われたのが孤児院ペレス・アランバルの質素なダンスパーティーだったとしても、おそらく喜んで駆けつけたに違いない。

だからその年、僕はいつ誘われてもいいように、十二月になる前から心の準備をしていた。それにはまず、僕と一緒に行きたいと思う女の子が現れなければ意味がない。正直言って誘ってもらえるのなら、たとえ相手が金目当てでも、僕を笑いものにするためでも、利用するためだけでも構わなかった。残念ながら、しばしば男が憧れるそんな魔性の女など、午後のテレビドラマかB級のメキシコ映画にしか存在しない。


新学期が始まってからの数週間は、さりげなく女の子たちのグループの近くに姿を現し、会話に耳を傾けた。誰かが僕を頭の片隅にでも留めてくれるのを期待して全部のグループに顔を見せる。十月に入ると、行動の早い娘たちはライバルに後れを取らぬよう、気に入った講師にすでにモーションをかけていた。悲しいがふたつの可能性に直面する。僕が誰にも好かれていないか、あるいは、なかなか行動を起こせない女の子たちから好かれているかだ。僕としては当然、後者を選びたい。

間もなくトレナの女子生徒たちが、大きく二種類に分かれているのに気づいた。一方は高校での授業が終わるなり、急いで家に戻って着替えもメイクも済ませ、完璧におしゃれしてアカデミーにやってくるタイプだ。もう一方は制服姿のまま、顔を石鹸で洗い、ただ髪を束ねただけでやってくるタイプだ。前者はどこかうぬぼれ、浮ついた印象を受けるが、後者は素朴ながらも自分をしっかり持っているふうに映る。僕は後者に惹きつけられた。人格形成がなされていて気取ったところのない女の子だけが、自分のプロムに僕を誘ってくれる予感がしていたからだ。

僕の目を引いたのはマリア・デ・ラス・ニエベス。金髪の優しい女の子で、いつでも左列の座席から僕に微笑《ほほえ》みかけている。彼女はリマ大学への入学を希望している。優美な顔立ちをさらに美しく飾る前髪が、ビロードの眉に金箔を被せるかのように垂れている。ラピスラズリの輝きを宿す瞳、丸みを帯びた鼻が加わった姿は感動的ですらある。マリア・デ・ラス・ニエベスについては何もかもが気に入っていた。彼女と仲のよい女友達たちも含めてだ。

笑い上戸のベゴニアは、いつでも明るく笑っている。たとえ僕の冗談が今ひとつだった時でも、鈴のような笑い声で応じてくれる。一方のアナ・ルシアは、ベゴニアやマリア・デ・ラス・ニエベスよりもすれたところがあって、やや俗っぽい。よく、顔は人の内面を映し出す鏡だという。その意味でアナ・ルシアの顔には、心の年輪が刻んだであろう不安げな笑みがつねに見え隠れしている。潤《うる》んだ瞳を介して、稀に内に秘められた悲しみが表出することもある。アナ・ルシア、ベゴニア、マリア・デ・ラス・ニエベスの三人の共通点は三つだけだ。三人が通っているサンタ・ウルスラ校のバッジをつけていること、プロムに誘う相手がいないこと、そして三人のうちの誰から誘われてもいい僕がいることだ。

アナ・ルシアは恋人と別れたばかりで、マリア・デ・ラス・ニエベスは誰のことも好きになれない性格、ベゴニアには誘える相手がいない。そんな三人にとっては最悪の時期にプロムがやってきたため、どの娘も手っ取り早く相手を見つける必要がある。それなら僕にも出番が回ってくる可能性が十分あった。

「やだなあ。プロムまで二カ月を切っているのに、誘う相手がいないなんて」三人が口を揃えてぼやく。

「そんなこと言わないで。そのために友達という切り札がいるのだから」と、僕はほのめかす。

「切り札ねえ……。でも最悪の場合ね」気のない返事で応じるばかり。

ベゴニアとアナ・ルシアのふたりは僕のクラスではない。だからこそ、僕はマリア・デ・ラス・ニエベスが誘ってくれないかと期待していた。そこで授業中、自分の魅力をアピールすべく冗談や言葉遊び、ものまねや風刺画、時には悪ふざけまで駆使してみたが、愛情が絡んでくるとだめなのか、どれもこれもマリア・デ・ラス・ニエベスには通じなかった。内気な性格の人間、被害者意識が強い人、憂い顔の男、悲劇作家といった者が、さらなる自嘲を強いられる。美男子や金持ちの息子、インテリ少年やスポーツマン・タイプの者たちとの不等な競争だけでは不十分だと言わんばかりにだ。不可解極まりないこの状況は、凡人に分類された僕らの困惑と、美しき女たちの歓喜をさらに助長する。とても公正とは言いがたい、いびつな構図ができ上がる。

だが人生は歌ではないが、思いがけぬところで《与えては奪い、奪っては与えてくれる》ものだ。僕がいつものごとく、自分の境遇を嘆きながら休憩時間を過ごしていたところ、珍しくベゴニアが寄ってきて、やや震える声で「プロムに一緒に行ってくれない？」と頼んできた。ふたりの間に長い沈黙が漂い、ひと呼吸おいてさらなる沈黙が続く。僕の背後を目には見えない天使がひとり、ふたりと通り過ぎ、三人めが通ったところで、竪琴の弦をつま弾くように僕を目覚めさせる。

「本当に……僕とプロムに行きたいと？」信じられずに訊き返す。

「どうして？」ためらいがちに問い質してきた。「もしかして、だめなの？」

その時僕は、とても言葉では説明できない至福の思いに浸っていた。神秘に包まれたヒンドゥー教の啓示を受けたか、そうでなければ涅槃《ねはん》の境地に達したブッダ（釈迦）と同様の気分だったろう。これまですれ違ってばかりだった僕の苦行と神意が初めて対面し、ついにプロムの招待状が届いた！　これで心置きなく死ねる！　人は死の扉に達した時、自分の生涯を綴《つづ》った映画を見せられるという。時間と空間を超越したその領域では、僕の人生に軌跡を残した女性たちが、次から次へと現れては消えていく。エキストラであろう巫女たちが、バッカス神を称えている場面を背景に、〝雪《ニエベ》〟であるマリア・デ・ラス・ニエベスが解けていく。そこにオーバーラップする形でベゴニアの花が咲いた！

プロムは少年少女にとって青春時代を飾る一大イベントだ。女の子たちがいい加減な気持ちで相手を誘うことはない、というのが一番の理由だろう。まずは意中の人を探し、プロムの会場に一緒に行く場面を思い描く。その空想が心地よければ、何度でも繰り返せばいい。したがって、男子がプロムに誘われても、取り立てて驚くことはないとも言える。少なくとも女性の側が細部にわたって夢見た結果なのだから。それにしても疑問が残る。なぜ女性が描いた夢は実現してしまうのか？　僕が思い描いた中でかなったのは、ベゴニアからの誘いのみだが、これはフロイトの夢判断とは何の関係もない。僕の夢は、予感や前兆といった性質のものがないばかりか、つねに目覚めた状態で思い描いてきたものだ。

さまざまな種類の記念アルバムがある。洗礼式、初聖体拝領（ああ、カミーユ！）、結婚式、子どもたちの写真。中でも女の子にとって、特別な思い入れのある一冊がプロムの記念アルバムだ。真新しいドレスに身を包み、若さという名の芳香を放つ自分の姿がそこにある。自室や階段、居間で撮ったものに加え、出発直前に玄関先で撮った写真。そこに両親や祖父母、兄弟姉妹と一緒に撮った写真が並ぶ。そして最後にエスコート役に選ばれた男子が登場し、やや緊張した面持《おもも》ちで、女の子の家族と写真に収まることになっている。女の子とのツーショットに始まり、一家とともに階段で撮ったもの、居間で両親とともにいる姿、外に停めた車の傍に立った写真……という具合に続く。特異な慣習としては、女の子と父親が玄関先にいる姿を男の子が撮ってやったあと、男の子の車に乗り込む娘の姿を父親が撮ることが挙げられる。男子はつねに父親と娘を玄関先でカメラに収め、父親はつねに娘と男子が車に乗り込む際にシャッターを切る。一見すると洗練された文明社会らしい儀式に映るが、実のところ部族社会の時代の名残に思える。父親は、目の前の男子が、いざとなれば家長の座を奪いかねないと勘繰っている。一方の男子も、父親が自分の車を乗っ取って娘とダンスに行くのではないかと警戒している。互いの猜疑心から生じた慣習かもしれない。

またプロムのアルバムには、写真のほかに、女の子が純粋な想いを託したランの花も収められている。これはパーティーの時に男の子から贈られたものだ。なぜランを贈るのか、その理由はわからない。おそらくはアメリカ辺りでは高価だが、ペルーではあり余るほどあって安価だったからかもしれない。確か中国では、ランが官能性と豊穣のシンボルだと聞いたことがある。いずれにせよランほどは美しくなく、香りで人の心を刺激するせいか、アイリスやナルド、白ユリを贈ることはない。押し花となってアルバムに貼りつけられたランの花は、ページをめくるごとに乾いた音を立てて少しずつ朽ちていく。まるでかつて少女の心に春の訪れを告げた精が、やがて秋の寂しさに寄り添いながら静かに消えていくような印象を受ける。

ベゴニアが僕をプロムに誘った事実を最初に知ったのは、アナ・ルシアとマリア・デ・ラス・

ニエベスだった。ふたりとも休憩時間が終わるまで、僕にまとわりついていた。アナ・ルシアはこれで僕のことを誘えなくなったと寂しそうに微笑み、マリア・デ・ラス・ニエベスはベゴニアが僕を誘うのはわかっていたと何度も繰り返した。ふたりとも心から喜んでいるふうではなかったが、その状況を楽しんでいたと思う。悲しくはないのに虚しくなったのか、アナ・ルシアもマリア・デ・ラス・ニエベスもその日はずっと、嬉しくもないのに笑って過ごしていた。

その後の数週間は準備で大わらわだった。亜麻布のシャツ、絹のネクタイ、アルゼンチン製の革靴と対になった革ベルト。英国製の服地を買って、イタリア人の紳士服店でスリーピースに仕立ててもらう。それから日本人が経営する花屋で贈り物のランを注文した。いつになく積極的な僕の姿を前に、ママまでもが半ば呆れてからかうほどだった。「たかがプロムでこの騒動だから、結婚式にはどうなることやら。おばあちゃんの亡霊が出てきて大騒ぎしても耐えられるかしら」それを聞いたナティおばさんは、「心配ご無用よ。そのために名づけ親のあたしがいるんだから。フェルナンド、あんたの粋な姿を見せてやりなさい！」とわざわざ僕を励ましてくれた。

トレナ・アカデミーの学期が終わりに近づく頃には、友人である他の講師たち（サンティアゴ、ペドロ、イザヤ、グスタボ）も、三人の女の子が在籍するサンタ・ウルスラ校のプロムに招待されている事実を耳にしていた。彼らにしてみればいくつもあるプロムのひとつにすぎないが、僕にとっては特別な意義を持つ、たった一度の機会だ。イスラムの伝説で語られる救世主マフディーのごとく、人々が待ち望んだものと断言してもいい。今の僕にはエスコートすべき女の子もいれば、本番を待つスーツやランもある。幸せを得るための準備はすべて整ったはずだったが、笑えぬ事態になった。

学期が終わったところで、サンタ・ウルスラ校のプロムまであと一週間ほど間があった。そんな矢先にマリア・デ・ラス・ニエベスから自宅でのパーティーに招待された。学期の終了を友人同士で盛大に祝いたいのだという。

「あれ、ベゴニアは来てないのかい？」当日彼女の家に出向いた僕は、ベゴニアの姿がないことに気づき、マリア・デ・ラス・ニエベスに尋ねた。

「あの子も呼ばなきゃならない理由はないでしょ」と素っ気なく答える。「どうしてそんなこと訊くの？　そんなにベゴニアが恋しいの？　本気で好きなら、プロムで打ち明けたらどう？」

どこか威圧的でとげのある物言いに正直戸惑った。なぜなら僕の中での彼女のイメージは、むしろ良質の音楽のように素朴さと優しさを感じさせる女の子だったからだ。それが今、目にコバルト・ブルーの燐光を灯し、僕を見据えている。何かが蠢《うごめ》いている、そんな予感がした。

彼女は僕の鈍さ、とりわけ女心を察せられぬ鈍感ぶりを非難し始めた。もしや彼女も、僕をプロムに誘うつもりだったのか？　自尊心を傷つけられたことへの屈辱と憤りをあらわにしても、やはり彼女の美しさは際立っていた。どうやらマリア・デ・ラス・ニエベスは、自分が安易に口説かれるタイプの女の子だと思われるのが嫌で、無関心を装っていたらしい。そうこうするうちに別の子に先を越されてしまった。当然僕は、人生がもたらした幸運を喜んで受け入れる。誰が見ても間抜けなほどに、僕ののぼせ具合は明らかだった。彼女の目には僕が幸せに映っていたのか？　それとも間抜けな幸せ者に映っていたのか？　最後まで言ってくれなかったが。

あろうことかマリア・デ・ラス・ニエベスが、クレオパトラを彷彿させる鼻を突き出し、僕に迫ってくる。彼女の方は僕をつま先で蹴り上げたい気分なのだろうが、僕はむしろ、彼女の美しい鼻を初めて至近距離で拝めたことを喜んでいた。傍《はた》から見れば美貌の娘が、僕をみんなの前でぼろ雑巾のように扱っている場面。まさか僕が、彼女の両手で絞られる雑巾の幸せを噛み締めていたとは、誰も想像できなかったに違いない。いずれにしても彼女としては、握り締めた台所のたわしのように僕に必要性を覚え、僕は僕で彼女のことを、エジプト女王の高い鼻を有する雪像を崇めるように愛していたのだろう。

愛は矛盾と道化者をも受け入れると言われるが……。どうすればマリア・デ・ラス・ニエベスまでが僕をプロムに誘いたがっていた事実を知り得ただろう？　もはや取り返しがつかなかった。こうなっては友情さえも取り戻せない。状況自体は深刻だったが、悲しくはなかった。プロムの夢判断に基づいて解釈すれば、僕が思い描いていたいくつもの夢のひとつでは、確かにマリア・デ・ラス・ニエベスと一緒に〝彼女の〟プロムに行くことになっていたのだから。つまらぬ理論に意識を向けていたら、突然アナ・ルシアの柔らかな声がした。

「かわいそうに……あなたとはみんな仲よしだったからね。口直しにわたしと踊らない？」

僕の心を熟知したかのごとく、しかも僕を撫で回すような口調で語りかけたかと思うと、僕の手を取って踊り出した。その間、ずっと僕の目を見つめ続けていた。マリア・デ・ラス・ニエベスの方から僕に寄り添ってきたのがあり得ぬできごとだったとすれば、アナ・ルシアに関してはまったく頭になかった。さらにあり得ぬ話だ。しかし道化役を演じた僕に、運命はとっておきの矛盾を用意していた。アナ・ルシアがいきなりキスしてきたのだ。唇でそっと触れただけの遠慮がちのキスだったが、僕はショックで立ち尽くしたまま少しずつ胎児に戻っていく気分を味わった。ファーストキスを奪われた僕の頭にふたつの考えがよぎる。ひとつは現実離れしたもの（〝もしかして醜いカエルだった僕は、たった今、王子に戻ったのだろうか？〟）、もうひとつはあまりに現実的なもの（〝ああ、僕は結婚するしかない〟）だった。

キスをするにも適した場所や状況があるはずだが、少なくともプロム前日の女子高生のパーティーで、それもアカデミーの講師たちもいる中でするべきではない。どうやらアナ・ルシアは多少酔っていたようだが、周囲に居合わせた十人ほどが、僕に冷ややかな視線を向けているのに気づいた。驚き、非難、呆れ、敵意とさまざまだ。僕が状況を把握するよりも前に、女の子三人がアナ・ルシアをどこかに連れていった。マリア・デ・ラス・ニエベスが怒りに満ちた目で僕に宣告をする。「今すぐ出てって。もう二度と来ないで」わずか一、二時間で、僕は軽蔑すべき人物にまで格下げされた。思わせぶりな態度を取っては女の子を誘惑する。しかも平然と二股、三股をかけるほどの抜け目のなさ。相手を弄《もてあそ》ぶためならどんな機会も逃さぬ卑劣漢。だから酔った女の子に手を出したのだと。僕を形容するのにあまりに不適当で、かつ興味深い言葉の数々は、最悪の瞬間を狙って一挙に集結したことになる。

翌日の昼間、ベゴニアが電話をしてきた。重々しく冷たい声で、マリア・デ・ラス・ニエベスから昨夜の顚末を聞いたと説明する。今夜のプロムの件など論外、一緒に行く気はさらさらない、姑息なネズミ男に無駄な時間を費やしてしまった自分を悔やんでいる。受話器を介してさえ、激怒している彼女の様子が伝わってくる。その状況を前にして、僕に残された道はふたつしかない。ひと思いにネズミ捕り用の毒を口にするか、あるいは一縷《いちる》の望みであるアナ・ルシアに電話をするかだ（〝彼女が招待してくれるかもしれない〟）。

彼女の電話番号をひとつひとつ押しながら、僕の高校時代の同級生やトレナ・アカデミーの同僚、大学の同期生たちが苦笑混じりに語っていた話を思い出す。経験がない僕としては、彼らの言葉を虚しい思いで聞いていただけだったが。パーティー時の甘いＢＧＭに促され、つい女の子にキスしてしまった。その翌日相手から電話があり、前日のキスについて尋ねられる。（１）わたしが好きだったからか、あるいはそうではないのか？　（２）本気で愛しているのか、あるいはそうではないのか？　（３）せめて昨夜のキスのことを覚えているか？　……といった具合に、揺れる乙女心にさらされる。

「アナ・ルシア、昨晩のこと、覚えているかい？」

「ごめ〜ん、実はわたし、何も覚えてないの」

その日の夕刻前、僕はミラフローレスのライオンズ・パブにアナ・ルシアを誘い出し、僕に少しでも気があるかどうかと訊いてみた。すると彼女は微笑みながら、そんなわけない、キスに意味なんかないし、よくあるできごとだと答える。それに対し、僕にとっては大切なことだ、昨日のあの瞬間から君のことばかり考え続けている、その思いは明日になっても変わりそうもない、と告げたかったが、何を言っても無駄だと感じた。ベゴニアに誘われ幸せに浸っていた僕の心が、マリア・デ・ラス・ニエベスの恋心に揺るがされた矢先に、思いがけずアナ・ルシアがキスしてきた。僕は何もかも覚えているが、そんな説明をしたところで誰が信じるというのか？

人はしばしば本能の赴くままに、あるいは状況に促されるままにキスをする。同様に、その時々の状況に流されて恋をすることもあるのだと思う。僕はマリア・デ・ラス・ニエベスを気にし始めた瞬間から彼女に恋をした。プロムに誘われた瞬間からベゴニアに恋をした。僕にキスしてきた瞬間からアナ・ルシアに恋をした。女の子からキスされる、その経験を何度かしていたならば、これほどの事態にはならなかったかもしれない。

プロムの晩、僕は何ごともなかったかのように予定どおり家を出る。家族と一緒の写真と、僕が車に乗り込む姿を撮影してもらった。ママからは、ベゴニアとのツーショットをたくさん撮ってきてほしいと頼まれた。ナティおばさんが三枚注文してきているのだという。そして僕は輸入コロンの香りと、日本人の花屋が丹誠込めて育てたランの花を携えて、これから真剣勝負に挑む闘牛士のごとく家をあとにした。誰ひとりとしてポケットに忍ばせた小説には気づかなかったし、それが僕の書棚の本であることも知らなかった。その何年後かに、僕が葬ったスタンダールの『パルムの僧院』を手にする者がいるかもしれない。だとすればそれは間違いなく、朽ち果てた秋の枯れ葉と束の間の春が刻まれたランの花々に、寂しく埋もれた本を見つけ、拾い上げた人だろう。

第八章　レベカ

その後、私は実に多くの、それも踊れる歌を作った。
ユダヤ女やモーロ女ほか、目端が利く女たちのために、
その地方で使われる、ありふれた楽器で楽しめる歌をだ。
その歌を知らぬなら、女たちの歌声に耳を傾けるがよい。

『よき愛の書』1513節

時は流れて一九八二年夏。トレナ・アカデミーでの休憩時間に、思いがけず僕の名前を呼ぶ声がした。「わたしのこと、覚えてる?」快い音色にも似た、穏やかな口調で問いかける。自分の半生を振り返ってもこれほど可愛い娘に見覚えはない。不本意ながら、どこかで会っているはずなのに記憶していないという結論に至る。「わたしのこと、覚えてる?」と繰り返し訊いてくる。ノーと言って愚か者だと思われる選択もあったが、あえてイエスと答えてみた。

「ふ〜ん、だったら名前は?」即座に訊き返される。返事に困っている僕を、どこか楽しんでいるようだ。「もしかして出会った場所も覚えていないの?」執拗に問い質す。それでもまだ僕は返答できない。「サンタ・エウラリアでのマハネよ!」と完全にしびれを切らしている。マハネ……? マハネって何だ? 「キャンプのことでしょ、おバカさん。一緒に行ったの、忘れた?」目の前の美少女と一緒にキャンプに行った。僕としてはそれが事実であってほしいと願ったが、彼女が勘違いをしていると思い、念のため尋ねてみる。

「だったら君は、僕が誰だか知っているの？」

「ええ、もちろん。〝哀れなラジオ〟君よ。もううんざりしちゃう」

彼女は半ば呆れた口調で言い残すと、その場から立ち去った。哀れなラジオのごとく残された僕は、ひとり余韻に浸っていた。それにしても不可解だ。あれほどの美人を忘れることなどあるだろうか？　サンタ・エウラリアのキャンプと言っていたが。以前どこかでマハネという言葉を耳にしたと思うが、どこだったか？　自分に愛想をつかしたばかりの相手に、好意を抱いたのは初めてのことだが、それはそれで希望をもたらした。それ以上悪くなりようがないとも言える。

目下の課題は、キャンプで一緒だったという僕の女神の正体を知ることだ。そこで僕はトレナ・アカデミー内の全教室に教材を運ぶ仕事をみずから買って出た。各教室にいる生徒を一度に把握するのは容易ではないが、恋のためなら、人の五感はより研ぎ澄まされる。やがて新入生の教室にいる彼女を目にした。彼女の容姿、声、香りはしっかり記憶していたので、あとは事務局に行って住所、氏名、電話番号を調べるだけだ。直接会ってから相手を知ってもいいのだが、会う前に知っておいても損はないだろう。

女神の名はレベカ。リマ市内のユダヤ人地区にあるレオン・ピネロ校の卒業生だ。だとすると、僕が彼女と出会ったのはもう何年も前になるはずだ。僕は大学に入学して以来、多くのユダヤ人の友人に恵まれた。ソニア、イショ、エベリン、ボリス、レスリーにイシドロ、みな信頼できる者たちだ。彼らと交流している頃にも、僕はユダヤ民族の歴史や偉人、芸術家や知識人への敬意をいつも口にしていた。とりわけトレナ・アカデミーの講師を始めてからは、ユダヤ人コミュニティとのつき合いが増えた。何よりも親友のひとりであるジャッキーと出会ったことが大きい。彼はユダヤ人地区の青年リーダーを務めている。

ジャッキーは僕に芸人の資質があると思っていた。さまざまな催し物を率先する彼にしてみれば、よき理解者、協力者が欲しかった。それで僕は半分ジャッキーの専属タレントとして活動していた。彼とともにギターを手に、クラブ・ヘブライカの行事でデビューした際の演目は、おもにジョークや歌、ものまねだった。僕らはその後も、結婚式や誕生日会、昼食会などに呼ばれるようになった。僕らの演《だ》し物《もの》の中でも評判がよく、おそらくは最も繰り返し披露したのが〝哀れなラジオ〟だ。人間ラジオと化した僕に飽きた聴衆が、テレビに向かった瞬間に、僕のスイッチが切れてしまうという内容だった。

ジャッキーの専属タレントとして何度となく慈善バザーやキャンプ、ユダヤ人コミュニティの遠足に参加しては、ギター漫談を披露していたほどだったから、おそらくそのいずれかでレベカと知り合っていたのだろう。だとすると、彼女は当時十三歳かそこらだったことになる。僕の観客のひとりが、その何年後かに魅力的な女性と化す。どこの誰がそれを理解できたというのか？まだ幼少期の女性たちの間で、この僕が注目されていたなど、とても知りようがないではないか？　妄想が肥大化するあまり、僕の理想の相手がレベカのような娘なのか、それとも十三歳の少女ならば誰でもいいのかがわからなくなった。タマーラ、ロリータ、マーシェンカ、アナベル。たぶん僕の恋するレベカも、彼女たちの延長上にいるのだろう。ナボコフには失礼だが、どうやら僕もロリータ・コンプレックスに陥ったのかもしれない。

幸いジャッキーが、僕の記憶の深層を掬《すく》う手助けをしてくれた。彼のおかげで、僕がそのキャンプに行ったのが一九七九年頃で、当時レベカが中学二年生だったことが判明した。彼女が僕のことを覚えていたとしても不思議ではない。僕は芸人としてよりも、トレナの講師として知られていたからだ。それはともかくジャッキーは、異様なほどにレベカに興味を示す僕に、危惧の念を抱いたようだ。彼は真の友人だけに、あとで僕を失望させぬためにも、忠告しておいた方が無難だと考えた。ジャッキーいわく、ユダヤ人でない僕がレベカとつき合える可能性は極めて低い、ほとんど見込みはないと。その言葉を聞いて、僕はむしろ期待に胸を膨らませた。その理屈からすると、僕がユダヤ人になればいいだけの話ではないか。

「それは無理だ」彼はあっさり否定した。「割礼《ミーラー》をしてないと」僕は兄の包茎手術のことを思い出した。以前兄の包茎が問題になってからというもの、僕ら弟たちはみんな、幼いうちに包皮を切除している。僕がユダヤ人になるのを拒むものは何もない。僕は割礼の儀式を済ませた身だ！

「まずはモノを見てみないと」

「お安いご用だ、ジャッキーよ」

「それでは、いざ、トイレへ！」

　一応必須条件を満たしていると納得したジャッキーは、次の週末、僕にリマのシオニスト▼27青年《ハ》センター《ノアル》に来るよう誘った。ジャッキーが事務総長《マスキール》を務める場だ。

　ユダヤ人コミュニティの若者たちは毎週土曜日、青年運動《トヌアー》の正式な服装である白シャツにブルー・ジーンズ姿で青年センター《ハノアル》本部に集まる。郷に入《い》っては郷に従えの諺《ことわざ》どおり、僕もその恰好で当日、ブラジル通りの本部に赴いた。時間厳守で着いた僕を、ジャッキーと調整係《マドリヒ》たちが迎えてくれた。彼らは会議《ハナガ》を開き、僕が年少者グループ《ハニヒム》に入るには年長すぎているが、調整係《マドリヒ》になるにはユダヤ教を知らなさすぎるので、青年運動《トヌアー》の文化活動《タルブト》の協力をするという条件で、僕を受け入れることにしたという。

「えっ、何の協力だって？」

「青年運動《トヌアー》の文化活動《タルブト》だよ」

「そりゃあ願ってもない！」

　そうして僕のユダヤ人としての初日が始まった。改宗者たちが味わったのと同じ感慨に浸る思いだった。過去の長い歴史において、何百万ものユダヤ人が社会に受け入れられようとして、みずからの信仰を捨ててきた。僕はこの共同体で、自分を認めてもらうためにユダヤ教を信奉する、そんな数少ない男のひとりになる決意だった。根気よく道を究めていけば、この僕だってマルクスやフロイト、ウディ・アレンのような才知に長《た》けたユダヤ人になれるかもしれない。それはひとえに、僕が彼女にとって最も重要な男になりたいからだ。トレナ・アカデミーの生徒数人に、こんな所で何をしているのかと訊かれた。それに対し僕は、ユダヤ人になるつもりでこの場に来ていると得意顔で答える。次に彼らが口にするセリフがわかっていたので、僕としてはさらに誇らしげな気分だった。

「どうかな。まずは確かめてみないと」

「いつでもござれだ、諸君」

「それでは、いざ、トイレへ！」

そんなやり取りをしていたところに、ジャッキーから声がかかる。これから旗《デグエル》取りゲームをするので、外に出て参加するといい。グループに馴染《なじ》むには絶好の機会だと言われた。僕も実際にやってみたが、実に奇妙なゲームだった。ボールもチームもなければ審判も存在しない。だけど最年長者から最年少者に至るまで全員が、夢中になって一本の旗《デグエル》をめぐって争っている。すぐに、混乱の中にいるレベカの姿を見つけた。彼女は子ども三人に四方八方から攻撃され、かなり劣勢なようだ。新入りユダヤ人の中で旗《デグエル》を持っているのは僕だったので、自分の旗《デグエル》を守るべく、僕は

▼27　パレスチナの地に国土を再建しようとするユダヤ人の近代的運動シオニズムの信奉者のこと。

砂地に飛び出した。

戦場さながらの領域に身を置くと、誰もが真剣に戦っているのがわかった。文字どおり老いも若きも、男女の区別もなく互いに、殴打と足蹴りで応酬している。その渦中では誰が旗《デグエル》を守っているのか、誰が旗《デグエル》を奪おうとしているのかなど知る術《すべ》もなかった。愛しのレベカが地面に倒され、叩かれている。僕は援護すべく、彼女のもとに駆け寄っていく。

途中で何度か攻撃をかわしたが、数人がかりのタックルを背中に浴びて後れを取った。あまりの衝撃に振り向いた途端、それを待ち構えていたと言わんばかりに子どもの群れが襲いかかる。いったい何歳ぐらいの子か？　十二歳、いや十三歳か？　気の迷いにさらされているところを、死角から回り込んだ子が攻撃を仕掛けてくる。大柄な女の子が、僕の下あごに強烈なストレートを見舞った。そこに通りがかりの者が、さらに平手打ちを浴びせて僕にとどめを刺す。僕は殴打の痛みに足を引きずりながらも、何とかレベカのもとまでたどり着いた。彼女を襲う敵に立ち向かい、蹴散らしてやった。ぼろぼろになりながらも、愛する女性を守った僕に対し、今度は当の本人が強烈な足蹴りを加え、叩いてくる。さすがに予想もしていなかった。愛する女性に攻撃されるなど初めての経験だったが、それだけの価値はあったと思う。

あとになってジャッキーが説明してくれたが、ゲームには若者たちの心身双方を鍛える目的があるという。彼らの多くは、いずれイスラエルに移住することになるが、帰還《アリヤー》は容易なことではない。若者たちはイスラエルでの生活に慣れるため、この場で入植地《モシャブ》での慣習と農業・手仕事《ハシャラ》の擬似体験をする。年齢・性別に関係なく、誰もが自分の命と祖国を守り抜く。そのための教育をしているのだと。ジャッキーの言葉には、計り知れぬ重みが感じられた。

その晩、僕は疲弊しきった状態で帰宅した。そのままベッドに直行したが、寝入ったというよりは気を失った感覚に近かった。

翌日の月曜日、休憩時間にレベカが僕のもとにやってきて、ユダヤ人になりたいという話は本当かと訊いてきた。再び彼女に足蹴にされる場面を思い浮かべながら、「僕が今一番望んでいることさ」と答えた。レベカは僕に微笑みかけると、それならば、みんなと同じように〝ベッキー〟という愛称で呼んでほしいと言ってきた。その時僕は、自分が彼女にとってかけがえのない男に変わった気がした。

「で、アシュケナジになるの？　セファルディになるの？」

「ベッキー、君はどちらなんだ？」

「うちの家族はセファルディよ」

「だったら、僕もそちらがいい」

僕はレベカが大好きだった。生徒としても優秀だったから、間違いなく大学に合格するとわかっていた。その週の休憩時間は、毎日彼女と話をした。彼女は僕に、ユダヤ教の初歩的な事柄を丁寧に教えてくれた。もっとも僕としては、青年センター《ハノアル》で旗《デグエル》取り合戦をして、彼女から蹴り上げられる方が合っていた気がする。人は何かを成し遂げた時に喜びを感じるものだ。ところが毎週末、青あざを作って帰ってくる僕を見て、ママが警鐘を鳴らす。またもやローラースケートに取り組んでいるのかと疑っていたが、僕はきっぱり否定した。但し、「青年センター《ハノアル》の人たちとの集まりが」とか「小学校《ヘデル》での活動は」などと口走るものだから、不審に思っていたのは確かだった。

　ある土曜の晩、ジャッキーが電話をしてきて、僕に会いたがっている人がいると告げた。尋ねたところ、相手はセファルディの会堂《シナゴーグ》を統率するラビ（ユダヤ教の宗教指導者）だという。セファルディになりたがっている若者がいると聞きつけて、一度会って話をしたいとのことだった。事務総長《マスキール》であるジャッキーはラビに対し、僕がジャッキーの指導下にあることを説明したのだが、ラビから再三せがまれ承諾せざるを得なかったらしい。そこで僕は翌日、セファルディの会堂《シナゴーグ》に出向くことになった。「なぜ事前に相談してくれなかったんだ？」ジャッキーが半ば呆れた様子で非難する。「アシュケナジのラビの方が、あまり細かいことを言わないのに」でも僕は、これまで神父たちともそれなりにうまくやってきていたので、ラビだって同じだろうと考えていた。「間違っても恋が理由だなんて口にするんじゃないぞ」と、またもや忠告される。「愛ゆえにユダヤ教に改宗などできやしないんだから」だがジャッキーは僕が、必要とあれば何にでもなろうとする人間だと知らなかった。

セファルディの会堂《シナゴーグ》は、プエブロ・リブレのようなよく知られるユダヤ人地区ではなく、ミラフローレス地区の、樹木とアイスクリーム屋が並ぶエンリケ・ビジャール通りにあった。ドアの前で僕は、制服《テイルボシエト》とネクタイ《アニバー》を念入りに整えた。服装が原因でラビに嫌われたくなかったためだが、何の役にも立たなかった。それというのも、ラビは扉を開けて僕を見るなり、首を横に振って温和だが厳しい口調で、わざわざ制服を着る必要はないと言い放った。その上で「敬虔なユダヤ人は礼拝の肩掛け《タリート》だけで十分だ」とつけ加えた。状況はのっけから雲行きが怪しくなった。

キリスト教の大聖堂を見慣れていると、ユダヤ教の会堂《シナゴーグ》は拍子抜けするほど簡素に映る。会堂《シナゴーグ》にも教会と同じような肖像画や派手な装飾があると思いがちだが、そういったものは一切ない。僕は一瞬戸惑ったものの平静を装い、単刀直入に、自分はユダヤ教徒になりたいのだと告げた。キリスト教の修道士たちの偉業や、各地で奉仕活動に勤しむ修道女たちの熱意を聞かされてきた僕にしてみれば、この場面でラビが、ギターを取り出して新参者を歓迎してくれるのを期待する。ところがラビは、むしろ険しい表情で応じた。「《ユダヤ教にとって、改宗者たちは災いである》聖典タルムードのイエバモットには、そのように記されている。状況が改善したとは思えん」

僕は何とか会話の糸口をつかもうと思い、『光輝の書《ゾハール》』や〝カバラ〟といった中世ユダヤ教の神秘思想を題材にしたボルヘスの作品「死とコンパス」を持ち出す。そこでユダヤ教復興運動《ハシディズム》や▼28神を示す四文字の語《テトラグラマトン》、発音できない神の名前について触れてみた。ラビは眉ひとつ動かすことなく、タルムードの教えを混同したとボルヘスを批判する。「隠れた奇跡」の本文では、主人公ヤロミール・フラディークが義の人《ツアディク》だとほのめかしていたようだが、無理がある。ユダヤ教復興運動《ハシディズム》における恍惚状態は、『エル・アレフ』に記されたような単純な幻視体験とは比較にならない性質のものだ。神の名については、発音できないというよりは、神を指す言葉の正確な響きを忘れてしまったという方が正しい。言葉にできぬ神の名前は〝シェム・ハメフォラシュ〟のことか。それ以外は神の属性を言い表したにすぎないだろう。これまで出会ったどの神父よりも、目の前のラビがはるかに博識な人物であるのを見せつけられた。状況はますます悪化するばかりだ。

　そこで仕方なく、奥の手ではないのだが、自分の出自を話題にすることにした。僕の母方の姓は、〝慎重な〟を意味するイタリア語から来ているが、言語上の観点から見てもユダヤ民族と関わりがあったのではないか。ところが僕の予想に反して、ラビがより興味を示したのは、むしろ日本人である父方の名字の方だった。僕の祖先は明治維新後に迫害を受け、南米大陸に亡命してきた。迫害された民、もしかすると僕の両親は、自分たちとユダヤ民族のつながりを知らずに暮らしてきた可能性はないだろうか。ラビは僕の問いかけに首を横に振った。たとえそうであったとしても、まずは君が割礼をしていないと話にならないと答える。そこから状況が好転し始めた。

「証明してもらえるかね？」

「喜んでお見せしますよ、ラビ」

「それでは、いざ、トイレへ！」

僕はイスラエルの部族がたどった運命についてはもちろん、十二のうちの十部族が失われていたことも知らなかった。そんな僕に対し、ラビは穏やかな口調でゼブルン族のことを語ってくれた。旧約聖書の「創世紀」によると、ゼブルン族は船の着く海辺に住んでいたという。海を渡ると言われた彼らはどうなったのだろう。中国や日本までたどり着いたのかどうかもわからない。だがわれわれユダヤ人が、いつでも偉大な文明とともにあったことだけは確かだ。ラビは悠久の歴史に思いを馳せるかのように語る。ラビが何かを口にする時、つねに〝われわれ〟という言葉を使っているのが僕には新鮮に思えた。選ばれし民としての誇りがそうさせるのか、それとも彼らのＤＮＡに刻まれているせいなのかはわからない。神の言葉という重みが、少しずつだが僕の中にも浸透していく気がした。

　ラビは僕の決意にも割礼の件にも納得したのか、ユダヤ教の参考文献をいくつも挙げてきた。特に六百十三ある戒律を守っていくためにも、『整えられた食卓』《シュルハン・アルフ》の熟読を勧めた。中でも重要なのは土曜の安息日《シャバット》を祝うことだ。安息日《シャバット》を祝うのに、服装に気を取られる必要はない。むしろ自分の心と向き合い、魂の喜びを見いだすことに専念する方がよいとも忠告された。その日会《シナ》堂《ゴーグ》を出る際、ラビは僕を抱擁し、温かいまなざしで告げてきた。「君にはふたつの約束がもたらされたことになる。よきユダヤ人になることと、自分の義務を怠らぬことだ」僕は新たな信仰に

▼28（141頁）　十八世紀中頃に起こったユダヤ教の神秘主義的運動。

目覚めるというよりは、陶酔した気持ちで会堂《シナゴーグ》をあとにした。

文献を読み進めていくうち、キリスト教は、ユダヤ教に飽きたか、あるいは不満を抱いたユダヤ人たちが新たに作ったものだという印象を受けた。キリスト教は他の宗教の者たちを、新たな信奉者として迎えやすくしているし、権力者側への影響であったり、人々を統治したりすることも視野に入れている。一方タルムードでは、宗教が何であれ、その人が徳のある人間である限り、魂の救済が得られるとはっきり述べている。そのためユダヤ教では、キリスト教が主張している煉獄や地獄の辺土《リンボ》、その他の死後の世界を持ち出して、人々の永遠の生命を煩《わずら》わすことはない。その代わり、厄介な事柄がつきまとう。そのひとつが食事の制限だ。

ユダヤ教の食事規定《カシュルート》は、僕の日常生活にある種の神聖さをもたらすだけでなく、身体を浄化するという意味でも有益に違いなかった。ラビ・ブロッホの説教集では次のように述べられていた。《われわれユダヤ人は幾世紀にもわたって迫害を受けてきた。ゲットー（ユダヤ人の強制居住地区）に押し込まれた者もいれば、空気も水も乏しい場所に幽閉された者もいる。だがその状況下でも生き延びられたのは、聖書の時代から綿々と受け継がれてきたわれわれの食習慣のおかげである》そこで僕は素朴な疑問を抱いた。僕が現在暮らしている、このリマの街でも事情は同じだろうか。

ユダヤ教の戒律で食べてもよいと定めているものを〝カシェル〟、食べてはいけないとしているものを〝テレファ〟と呼ぶ。両生類や爬虫類、昆虫といった他の宗教でも禁じている例が多いものは仕方がないにしても、〝カシェル〟と認められている魚がずいぶんと限られるのには驚かされた。だが少なくともツナ缶が、〝テレファ〟でないことはわかった。貝類、エビ・カニなどの甲殻類、イカ・タコなどの軟体動物は〝テレファ〟に分類される。となると、セビーチェもパエリアも、ホタテガイのパルメザンチーズ焼きも食べられなくなってしまう。血も禁じられているので、牛の心臓《ハツ》の串焼き、豚の血で作ったソーセージと、臓物の煮込みも食べられない。また肉類を牛乳・乳製品と同時に食べることも厳禁であるため、ピザをはじめとするイタリア料理の多くとフランス菓子のスフレ、僕の大好きな鶏の唐辛子煮込み《アヒ・デ・ガジーナ》、場合によってはミックスサンドイッチもだめになる。一方、熟れすぎた果物や中途半端に残した食べ物も〝テレファ〟とみなされているので、僕がこれまでしていたような、冷蔵庫内の残り物を漁《あさ》る行為はできないし、つい手を出してしまう甘いバナナのリキュール漬けも諦めざるを得ない。

　昔ながらの慣習が根強い家で、新たな人生を送る。それがどれほど厄介なことだったか。僕が何度となく自慢料理の挽き肉の煮込み《ブラティーリョ》を拒んだので、ママはひどく気分を害していた。カツレツとグリーンパスタを食べたくないってどういうことよ？　何でシーフード・ピラフが不浄な料理なの？　肉料理と一緒に乳製品は出さないでくれ？　まさか本気で言っているの？　結局、家族の誰ひとりとして僕の主張を受け入れず、その後も食事は一緒くたに出された。そのため聖書の記述ではないが、しばしば僕は食べずに庭に埋めることもあった。家族が最も理解に苦しんだのは、僕の安息日《シャバット》だった。「なぜ部屋の明かりをつけないのだ?」、「テレビも観たくないし、レコードも聴きたくないって?」、「ロベルトから電話よ! え? 電話にも出ないの!?」僕がプロテスタント教徒やエホバの証人の信者にでもなったのならば、家族も多少納得できたかもしれないが、ユダヤ教を信奉することだけはまったく理解できなかった。とりわけナティおばさんの拒絶ぶりは顕著だった。

「ちょっと、フェルナンド。ユダヤ人はキリストを磔《はりつけ》にしたのよ!」

「違うよ、おばさん。磔にしたのはローマ人だよ。ユダヤ人とは関係ないさ」

「幼かったキリストが、神殿に現れて聖書を読み上げたものだから、ユダヤ人たちは口惜《くや》しがって復讐を誓ったわけでしょ?」

「それはバル・ミツバだよ。十三歳になった男子は成人とみなされ、聖書の朗読をするんだ」

「《あなたの隣人をあなた自身のように愛せよ》は? それはキリスト教の教えのはずよ」

「いや、元々は旧約聖書の『レビ記』に書かれていたことだよ」

ナティおばさんの目には、僕の状態が最悪に映ったらしい。何しろママに対し、兵舎か照明派の修道院に放り込んで矯正させた方がいいと持ちかけたほどだ。

「あたしはフェルナンドのためを思って言ってるのよ。一応これでも名づけ親だから」

「ああ、ナティ。あの子のことは放っておいて。共産主義者にならなかっただけまだマシよ」

「何言ってんのよ！　共産主義だったら金で屈するかもしれないけど、ユダヤ教となったらいくら米ドルを積んでも捨てないわよ！」

「熱しやすくて冷めやすい子だから、そのうち飽きるわよ」


そんなママの予想に反し、僕のユダヤ教への傾倒ぶりは続いていた。その後レベカとは、ほとんど顔を合わさなくなったにもかかわらずだ。僕自身が青年センター《ハノアル》から足が遠のいていたのに加え、大学に入学したベッキーもあまり顔を出さなくなってはいたが、僕がそれを気に病むことはなかった。時々ユダヤ人コミュニティでの催しで顔を合わせていたし、時にはカシェル料理を出す喫茶店リリーズで待ち合わせて、一緒に軽食を楽しむこともあった。いつの間にか僕のお気に入りの店になっていたほどだ。会うたびにユダヤ教への理解を深めていく僕に、彼女の方も少なからず感激していたようだった。僕は僕で、彼女から〝シエマの祈り〟を教えてもらい、得も言われぬ平穏な心に満たされた。どこか愛の告白にも似た響きを持つ、心の底から湧き上がる祈りだ。僕は彼女の宝石のようなまなざしも、金銀細工のような顔立ちも、初雪のような肌の白さも、何もかもが好きだった。

ある日、僕はラビに言われた。僕が望むのであれば、ユダヤ暦の春に行なわれる過越し祭《ペサハ》から一緒に祝わないかと。ユダヤ教の暦は秋のティシュリの月に始まる。その月の初日・新年祭《ロシュ・ハシャナ》と、さらにその十日後に来る大贖罪日《ヨム・キプル》のふたつは、ユダヤ教の暦の中でも最も盛大な祭りだ。その年、ティシュリ月は十月末に開始したため、過越《ペサハ》し祭までは数カ月あった。旧約聖書「出エジプト記」では、モーセに率いられたユダヤ人たちが四十年間砂漠をさまよったと伝えられている。春の過越《ペサハ》し祭を待つ日々は、僕にとっての出エジプト、試練の時期でもあった。

ところがその間に、僕の夢を根底から覆すできごとが起こった。七八年にアメリカで制作されたドキュメンタリー番組『ホロコースト』、のちにペルーの民放テレビ局がその番組を放映するのだが、テレビ局側の配慮で、ユダヤ人コミュニティで事前に上映されることになった。上映会に居合わせた日のことはけっして忘れないだろう。一般のペルー人がそうであったように、人類史上最も残虐な行為とも呼ぶべきユダヤ人の大量虐殺の実態を、僕もその番組を通じて知った。ユダヤ人コミュニティの指導者たちは、より若い世代の歴史認識と考察を促す目的で、一～二週間を番組の視聴や講演に充てた。

僕も毎回講演に参加し、そのたびに隷属、戦争、迫害といった、イスラエルの民族が被ってきた悲惨な現実をいくつも突きつけられた。またユダヤ・コミュニティの長老たちの体験談も聞いた。彼らがどのような形でヨーロッパを去り、ペルーまでたどり着いたか。生き別れになった親戚や友人たちとは二度と会うことがなかったこと。証言の生々しさは増すばかりで、ひとりの老人が語った強制収容所での体験には身震いした。彼の腕に刻まれた囚人番号には僕も怒りを覚えた。また彼が、一九七六年にウガンダ・エンテベで発生したエールフランス航空機ハイジャック事件で救出された人質でもあった事実を知って、生き延びたこの老人を心の中で称えた。深い霧のごとく重々しい沈黙に、場内全体が包まれていた。

上映会そのものは、数多くはなかったはずだが、僕には永遠に感じられた。痛々しい場面のひとつひとつが、鞭打ちのように僕の心に傷跡を残していく。暗い室内では、子どもたちのすすり泣く声と、画面を凝視して耐え忍ぶ年長者たちのため息だけが聞こえる。しかし僕は、彼らと同様の苦悩に苛まれることはなかった。彼らの痛みは僕の痛みではなかったし、真の意味で共有できる性質のものでもなかった。けっして僕の一部分にはなることのない痛みと言い換えてもいい。今この会場のどこかで、静かに涙を拭っているはずのベッキー。彼女が抱える痛みとは違うからだ。彼女の頰を伝ったひと粒の滴《しずく》、その澄んだ輝きの中に、僕は彼女のアレフを見いだす。そこは彼女の世界であると同時に、混沌《カオス》と創造、そして僕の始まりと終わりまでもが凝縮された空間だ。もしかするとボルヘスは、それを知った上で、ヘブライ文字の最初の一字〝アレフ〟を作品に用いたのだろうか？

ドキュメンタリー番組は、レベカと僕の間に二千年以上に及ぶ伝統が横たわっていること、その隔たりが今後も失われず薄れもしないことをまざまざと見せつけた。ユダヤ教復興運動《ハシディズム》の信奉者たちは、神が描いた無限の計画の光が人間のあらゆる行動の中にきらめいていると信じていた。そこで僕は、自分がベッキーから身を引くことで、神がふたりを〝セフィロトの樹〟のどこかで、あるいはこの世界のどこかで結びつけてくれると信じたかった。僕はレベカにとって最良のことを願った。『ホロコースト』に登場する不屈の人ルディ・ワイスにはなれなかったが、少しは彼に近づけたかもしれない。

ラビにだけはあえて本当のことを語った。彼だけが僕の嘘を見抜いていたからだ。一方ベッキーには何ひとつ嘘をついてこなかったので、当然本当のことを告げる必要もなかった。ラビはいつもながらの厳しくも温かいまなざしで、僕に確約してくれた。僕の心に根づいた三つの愛の種は、イチジクの木か子どもたちのように、あるいは日々育まれていく愛情のように、今後も成長していくだろうと。

そんなわけで、今でも僕はシナゴーグの前を通るたび、シェマの祈りをふと思い出す。そう言えばあの日以来、鶏の唐辛子煮込み《アヒ・デ・ガジーナ》を食べなくなった。

第九章　ニノチカ

別世界の人間に、わざわざ語ることはしない。
なぜならば、みな私とは身分が違う貴族の出や、
旧家名門の親戚筋に当たる女たちだからだ。
なのに私の思いを口にする、そんな勇気はない。

『よき愛の書』598節

〝粋《シック》な〟、〝魅力的《チャーム》な〟、〝魅惑的《グラマラス》な〟といったフランス人女性に特有の優雅さは、一朝一夕に身につくものではない。下手に真似したところで〝フランスかぶれ〟だと見なされ、イギリス人からは軽蔑され、スペイン人からは毛嫌いされるのが関の山だ。王女はおろか、目を引く女優もモデルもいないような国、ペルーではなおさらだが、そんな中で、それをみごとに貫いていたのは、ニノチカぐらいだったろう。ギリシアの処女神のごとく清らかで、マニエリスム▼29の画家が描いた聖母のごとく蠱惑的《こわくてき》。美と才能、幸運にも恵まれ、資産家の娘でもあったニノチカ。そんな彼女を手に入れるのは、見果てぬ夢も同然だった……ああ、愛しのニノチカ。

　彼女と知り合う何年も前、まだ少年だった僕は一度、彼女を目撃している。実際に彼女に声をかけることになるまで、僕の記憶に焼きついていたのは次のような場面だった。あるスペイン人闘牛士（名前はミゲル・マルケスだったか、ガブリエル・マルケスだったかよく覚えてない）が、牛との対決を前に颯爽とした態度で柵の方へと歩み寄る。そして観客席にいた彼女に向かって姿勢を正すと、最初に仕留めた牛の命を彼女に捧げると誓った。スペインの闘牛士がリマの娘に牛を捧げるなど、何年ぶりのことだろう。アチョ闘牛場に居合わせた常連たちが、そんなことを考えながら誇らしげに拍手を送る中、僕の視線はニノチカと彼女が身にまとった真紅のワンピースに注がれていた。それは彼女が内に秘める情熱の赤であると同時に、闘牛士が自在に操る布の赤でもあった。人知れず僕は、闘牛士の逞しい腕の中に気を失ってくずおれるニノチカの姿を想像していた。ボルヘスの詩に出てくるマティルデ・ウルバッハのようにだ。

「まさか。そんなわけがないでしょう。あいつのことなんか何とも思わなかったわ」親しくなったのちに僕がそのエピソードを持ち出すと、ニノチカはけんもほろろに言い放った。「スペイン人の闘牛士たちって礼儀知らずが多いわ。『聖なる栄光を君に捧げよう』ってセリフばかりを繰り返して。とにかくしつこいのよ。その後一カ月間、連日電話してきたほど。わたしがよっぽどスペインに連れていってもらいたいとでも思ったのかしら」

どう見てもニノチカには、そんなことはあり得ない話だった。何しろ彼女は、ニューヨーク、

▼29　ルネサンスからバロックに至る過渡期の芸術・文学の様式。代表的な画家にブロンズィーノがいる。

パリ、ロンドン、ローマ、ジュネーブで暮らした経験があった。「いつかモスクワに行くつもりよ。祖母の食器のコレクションが向こうにあるから」そう意気込む彼女は本当にきれいだった。ペルーの上流階級で随一の美しさを誇るニノチカとは、カトリカ大学の最終学年で歴史科のクラスメートになった。そのため僕が講義を欠席することはなかった。別に彼女に会いたいからではなく、滅多に授業に出ない彼女のためにノートを取っては、あとで恋のメッセージさながらに届けるためだった。同期の女友達たちからは「あんたにはプライドってものがないの？」とよく訊かれたが、正直言って僕にそんなものはなかった。これだけ振られ続けていれば、プライドなどあろうはずもない。

ニノチカのような女性を愛する素晴らしさは、無私の心で相手に奉仕する、そんな寛容さが芽生えることだった。彼女に対し何も期待しない一方で、こちらは何もかも捧げる気でいる。無償で不変の愛、ほとんど忠犬が抱く愛と言ってもいいほどのものだ。

「それが、愛が何たるかをわかっている者の愛し方だ」苦し紛れに講釈を垂れる僕に、女友達は決まってこう切り返す。「見込みがゼロだとわかっている者の、でしょ」

ニノチカの家系は、言うなればこの国を牛耳ってきた貴族だ。十八世紀の終わり頃、スペイン・カンタブリアに所有していた夏の別荘を引き払って南米大陸にやってきた。当時リマに置かれていた聴訴院《アウディエンシア》〔植民地時代の王立の最高裁判所〕を統括するためにだ。そこから彼女の祖先はペルー各地に散らばり、女王バチのごとく権力機関に君臨し、蜜を降り注いできた。植民地時代には領事や司教、裁判官を、独立戦争時には建国の名士やイデオロギー提唱者、立法者を、十九世紀には大土地所有者や銀行家、実業家を、そして二十世紀には大学総長、企業家、芸術分野のパトロンを多数輩出してきた。そのためニノチカの名字は財界や教育界、芸術や文学の分野、マスコミ業界や外交の分野でも幅を利かせている。歴史書にも登場するほどなので、当然僕の歴史学のノートにもその名は記されていた。

「ニノチカ、なぜ君の家族はペルーの大統領にならなかったんだ？」

「わかってないわね」世間知らずと言わんばかりに、彼女は優しく僕を諭す。「ペルーの大統領が強大な権力を握った試しなどないわ」

ニノチカは年代物のメルセデス・ベンツを愛用していた。もっと派手好きで軽い性格の娘だったら、さっさとスポーツタイプのオープンカーに鞍替えしていたに違いない。でも僕はその車に愛着があった。見守るかのようなびっくり眼《まなこ》のヘッドライトも、またアクセルペダルの踏み具合に応じて静かなうなり音を発する様子も好きだった。イタリア製の革靴に拍車をかけられ、二百馬力のパワーを発揮する姿は痛快だ。ニノチカが珍しく大学に出てくると、僕は必ず講義のあと、彼女を駐車場まで送っていく。その間ふたりであれこれ語り合うひと時が、僕は好きでたまらなかった。駐車場に到着すると、彼女は決まって「どうやって帰るの？」と僕に訊き、僕は僕で

〝どうすれば彼女と、なるだけ一緒にいられるだろうか〟とばかり考えていた。

屋根裏部屋を思わせるアンティークなベンツに乗り込むと、ニノチカの香水のいいにおいに包み込まれる。グローブボックスの上に転がる万年筆、後部座席の風景と化した本の山、絨毯《じゅうたん》敷きの床に口が空いたまま置かれたハンドバッグが目に留まる。それを見るにつけ、メイドたちが片づけやベッドメイキングをしなければ、きっと彼女の部屋もこんな状態なのだろうと、つい空想に耽った。ニノチカはいつも、海岸通りのテラッサス橋を越えた所で僕を降ろす。僕がそう頼んでいたからなのだが、まさかその後、僕がひとりで暮れゆく海を何時間も見つめ、胸に秘めた夢物語に浸っているとは思ってもみなかっただろう。

そんなある日の夕暮れ、ニノチカが「時って自分で得るべきものかしら？　それとも失っていくものだと思う？」と訊いてきた。本当は〝その人次第だ〟と言いたかったが、あえて僕は「得るべきものだろう」と答えた。僕の言葉にニノチカは、一瞬戸惑ったようだったが、すぐに柔和なまなざしで僕を見つめ、「わたしは失うことしかしてこなかったわ」と口にした。僕は気の利いた言葉を返そうと考え、「自分が費やした時間は何らかの価値があるものだと思うけど」と応じた。その後、彼女は「自分が失った時を誰かが得ているなんて、ちっとも嬉しくない」と洩らした。僕は毎回、海岸通りまで乗せてもらう形で彼女に時を捧げていると思っていたが、彼女にとってはどうだったのだろうか。

実際ニノチカは、言い寄る男たちを手玉に取って楽しんでいた。彼女は自分が失った時を、恋愛経験が豊富な男たちにも浪費させたがっていた節がある。ニノチカが与える試練にさらされ、笑い者になった男や、それでも耐え忍んだ男は錚々《そうそう》たる顔ぶれだ。各国大使に国会議員、作家、ジャーナリスト、画家といった連中がニノチカの仕打ちに甘んじるべく列をなしていたと言ってもいい。

クラスの仲間たち（レヒーナ、マカキ、アナ、ヒセラ）と一緒にニノチカの邸宅で試験勉強をしていた晩のことは一生忘れないだろう。ようやく僕らがひと段落した頃には夜の九時を回っていて、彼女の家の使用人たちはみな帰ったあとだった。仲間たちが空腹を訴え始めたところで、ニノチカがあることを思い出す。つい先日、就任したての経済副大臣が彼女に名刺を渡して「いつでも何なりと申しつけてほしい」と言い寄っていた。そこでニノチカは喜び勇んで、大統領と大臣しか知らないはずの彼の直通電話をダイヤルする。すぐに秘書が応対した。

「ニノチカから電話だと伝えてちょうだい。そうすればあの人、飛んでくるでしょうから。……ハ～イ、ブシー。今、お時間は大丈夫？　……あ～あ、ＩＭＦ（国際通貨基金）の人たちと一緒なの。……あのねブシー、わたし、死ぬほどお腹がすいているの。ウチにピザを持って来てくれないかしら。……後回しにしたら、あなたの方が手遅れになるかもしれないけど。それでもいいの、ブシー？　……あなた、わたしとＩＭＦの連中とどっちが大切なのよ？　……彼らに『ドルを買う』って言ってしまえば丸く収まるじゃないの。……じゃあ来てくれるのね？　ありがとう、ブシー!! ……ところで、ロブスターはだめよ。ピザって言ったでしょ! ……ローマ風ピザを二枚に、ハムとマッシュルームのピザを三枚。どっちもファミリーサイズにしてね。……だってわたし、最高にお腹がすいてるんだもの……何バカなこと言ってるのよ、ブシー。……バカね! あなたって本当にバカだわ。……ともかく、今すぐ来てくれるわね? ……ああ、バカ! そんなに聞きたいなら何度だって言ってあげるわよ、バカ。……いいわね? 彼らには『ドルを買う』って言うのよ。……それじゃあ、頼んだわよ。……もう、バカ! ブブブルルル……」

その後、哀れな副大臣はホテルのボーイよろしくピザを運んでやってきたが、燃料切れでぐったりしている僕らを目にして呆然となった。その上独断でピザを二枚減らしたことで、ニノチカから大目玉を食らう羽目になる(〝あなたはこれで最高の伴侶《ベターハーフ》を逃したのよ、ブシー〟)。ニノチカはけっして富をひけらかすタイプではなかったが、僕らにとっては面倒見のいい姉御肌の女性だった。

一度こんな話をしてくれたことがある。一九八一年に、映画『フィッツカラルド』がペルーで撮影された時のことだ。舞台がジャングルだったこともあり、ヴェルナー・ヘルツォーク監督、主演のクラウディア・カルディナーレ、クラウス・キンスキーらは、アマゾンの密林での生活が続いた。「みんな週末ごとにやつれ顔でリマに戻ってきては、ウチでシャワーと食事を満喫してロケ地に戻っていたのよ」哀れむ口ぶりでニノチカは語る。そんなある週末のこと、ペルーを訪問中のミック・ジャガーと、美形のスペイン人男性歌手が映画スタッフのもとを訪れた。俳優たちは、ここぞとばかりに羽目を外したがっていた。そこでディスコに繰り出そうという話になったのだが、ニノチカはスペイン人美少年の方が気になり、一緒に家に残ってくれと彼にせがんだ。「ところがね」笑いながら彼女は説明する。「その子、ホモだったのよ。でも面白かったわよ。わたしが『こんなことならミック・ジャガーと一緒に出かければよかったわ』って言ったら、彼は彼で『僕だってそうしたかった』ですって。お笑い種もいいとこよ」

それに対し僕の方は、凜《りん》とした美しさと気品を備えた女性、クラウディア・カルディナーレに興味があったので、あえて彼女について尋ねてニノチカを刺激した。ニノチカはややおどけて顔をしかめ、こう口にする。気品というのは、ディオールを身にまとっただけでは備わらない（〝あんなの淑女もどきじゃないの〟）。むしろウォルトやポワレ、マルベル[30]が何者だったかを知った上で着こなすことから生まれる、と。「それにカルディナーレは男たちばかりを意識して着飾っているけど、本物の淑女はいつだって女たちに向けて装うものだわ」

ニノチカには驚かされるばかりだった。彼女にとってはごくありふれた日常だったのだろうが、

▼30　シャルル・フレデリック・ウォルト（イギリス）、ポール・ポワレ（フランス）、マルベル（スペイン）はいずれも二十世紀のモード界の巨匠。

周囲の者にとってはあまりに非日常的なできごとに映った。何しろ社会的には成功者・勝利者と呼ばれる男たちが、ニノチカの足元にひれ伏すのだから。いずれにせよ、並み居る男たちが彼女に足蹴にされながらも耐え忍ぶさまは、信じがたい光景だった。そんな中世さながらの状況下で、彼女のもとに電話がかかってくる。

「もしもし？　……誰？　……ラミーロ？　……あら、ラミリート！　マンハッタンからかけてるの？　えっ？　……イースター島から？　……すごいじゃない、イースター島にいるなんて。……わたし、あなたとイースター島に行く約束なんて、した？　……すっかり忘れてたわ。……昨日があなたの誕生日だったことも。遅ればせながら誕生日おめでとう。……いいえ、チケットなんか受け取ってないわ、ラミリート。……ラミーロ！　お金の話はしないでちょうだい。電話を切るわよ！　……ひと月前には、確かにイースター島に行きたかったかもしれないけど。でも昨日はそんな状態ではなかったもの。……いいえ、ラミリート。明日も明後日もだめなの。……いっそのこと何でもいいから描き始めたらいいじゃないの。……ああ、ラミリート。明日、テンペラの道具一式を速達で送るから。……つべこべ言うのはやめてよ、ラミリート。わたしはイースター島に行く気はないわ。せめて別の場所だったら、迷わず行ってたかもしれないけど。……たとえばフィレンツェとか。……だめ、一カ月以内なんて、無理に決まっているでしょう。……まあ、三カ月後なら。……それなら、またチケットを送ってちょうだい。エコノミークラスなんかにしないでよ、乗り心地が悪いから。……もう、わかってるわよ、ラミリート。そりゃあイースター島でわたしの肖像画を描いてくれるというのは嬉しいけど。……あなた、画家でしょ？　だったらわたしのことを自由に想像して描けばいいじゃないの、チョーロ〔白人とインディオの混血の意。差別的な場合もあり〕、チョーロ、チョリート……。ふん？　チョリート？　チョリート！　思いつきで口にしたけど、あなたにピッタリの呼び名ね。気に入ったわ、チョリート。あなたをチョリートと呼んでるって、誰にも知られちゃだめよ。わたしは親しみを込めてそう呼んでるわけで、何もあなたが混血《チョーロ》だからバカにしてるわけじゃないんだから。……わかった？　ああチョーロ、チョラーソ。わが麗しのモチカ[▼31]の画家、巨匠チョリート！　……じゃあね、チョリート。とにかく笑顔で過ごしなさいよ。あなたも元気でね。ブブブルル……」

僕ら歴史科のクラスメートは、教室までやってくるニノチカの求婚者には慣れっこになっていた。義理の親戚、あるいは親戚の政治家と接する気分で受け入れていた。ニノチカに見合った年頃の男たちが、人文学部の講義棟の廊下に並んで待っている。アルゼンチン人牧場主、メキシコ人石油王、ブラジル人実業家、スペイン人貴族といった名門揃いで、ペルー人に至ってはありとあらゆる職業の男たちがいた。ニノチカは彼らに山ほどの試練を課していたが、中でも最たる苦

▼31　プレ・インカ期（インカ帝国以前の時代）の一世紀から八世紀にペルー北部で栄えた古代文化。モチェ文化とも呼ばれる。

行は、ロサ・ルイサ教授の講義に同席させることだった。

中世史を教えるロサ・ルイサ教授は、その分野では世界的権威だったが、彼女の講義が午後二時から四時までなのが難点だった。よりによって眠気を催す時間帯に、対立教皇や政教条約《コンコルダート》、公会議の話を延々と聞かされるのは、誰にとっても拷問に等しい。そんな退屈極まりない昼下がりの講義も、ニノチカが登場すると楽しいひと時に様変わりする。シーフードや炒めご飯、肉や野菜の煮込みなど、地元食材をふんだんに使ったペルー料理で満腹状態になった求婚者たちを引き連れてやってくるのだ。「ニノチカさん、今日の講義にご一緒する方々をご紹介いただけないかしら？」国際色豊かな大物聴講生たちを前に、ご満悦のロサ教授が興味津々に尋ねる。お決まりの自己紹介が済むと、男たちは必然的に教室の最前列に腰を下ろすことになる。三十分もすれば、四本めの銛《もり》を刺されておとなしくなった闘牛のように、重いまぶたとともにうなだれ始めるのだった。

『オデュッセイア』第二十二歌の話ではないが、ニノチカの策略に求婚者たちが次から次へと脱落していく。そのさまを眺める美しくも悪しきニノチカが、どれほど喜んでいたか。彼女の美しさと悪女ぶりは、ニカラグアの詩人ルベン・ダリオが詠《うた》ったエウラリアをはるかに凌いでいた。ニノチカが強いる試練に屈しなかった唯一の男は、アンテロ・ゴジェネチェだった。アンテロは、ペルーで高視聴率を誇る政治番組の司会者で、ジャーナリストとしても高く評価されている好人物だ。歯に衣着せぬインタビューを売り物にし、特にリマの主婦層からは〝理想の娘婿〟として絶大な支持を得ている。どうやら彼は、ロサ・ルイサ教授の講義がお気に召したらしく、ニノチカを口説くのと同じ調子で教授のご機嫌を取っていた。

「ゴジェネチェさん、フランク王国のピピン短軀王は偉大な政治家だったと思いません？」そう尋ねる教授に、アンテロは身を乗り出し、まるでテレビ局のスタジオにいるような口ぶりで受け答えする。

「同感ですね、先生。彼は実に魅力的な人物ですよ」

有名人の言葉を真に受けて、すっかり舞い上がったロサ・ルイサ教授は、サインを熱心に求めるファン並みのねばり強さで、さらなる質問を投げかけた。

「世界史に名を残した人物をひとりだけインタビューできるとしたら、ゴジェネチェさんはどなたを選ぶかしら？」

「間違いなくピピン短軀王でしょう」

「ねえちょっと、ダーリン」そこでニノチカが口を挟んだ。「インタビューしたいのは、うちのエルフォノおじさんじゃなかったの？」

「違うんだ、ハニー」とゴジェネチェは穏やかな口調でニノチカをなだめる。「君のおじ上、エルフォノ氏には、ペルー史の時にインタビューさせていただくからさ」

その日の晩は、アンテロ・ゴジェネチェの番組を夢に見た。イングランドで起こった王位継承問題がテーマのパネルディスカッションで、なぜかスタジオにはピピン短軀王とフランス民衆十字軍の指導者〝無一文のゴーティエ〟、当事者であるイングランドのヘンリー若王がゲストとして呼ばれていた。そしてコマーシャルのあとには、ペルー思想史の先駆者としてエルフォノおじさんが、学者ぶった険しい顔で画面に現れた。そんな奇妙な夢を見るほど、僕にとっては印象深いできごとだったのだろう。

とにかく、ニノチカはいつもそんな調子だった。雪に覆われた草原のごとく、どこまで続くか把握できない人物。あるいはボリショイバレエ団のプリマドンナのごとく手が届かぬ高嶺の花か、ロシア皇帝の伝令のごとく凡人には追いつくことができない存在。それがニノチカだ。エルンスト・ルビッチ監督の映画『ニノチカ』で、グレタ・ガルボが演じた主人公以上に優雅なところがあった気がする。一度彼女にそう言ったことがある。「グレタ・ガルボ？　何言ってるのよ」ニノチカは笑顔で僕を咎《とが》めた。「まさか、わたしの名前が映画から来たとでも思ってるんじゃないでしょうね？」水晶のように透明な彼女の声が、邸宅の広間いっぱいに響き渡る。まるで大聖堂内の重々しい空気が和《やわ》らいでいく気分だった。

ニノチカの自宅を訪れたある日のこと、彼女はそれまでほとんど人に語ったことがない事実を打ち明けてくれた。二十世紀の初頭、パリの社交界でサロンの女王と呼ばれた女性、エマヌエラ・ポトツカ。モーパッサンやプルーストと深い親交があった彼女は、むしろポトツカ伯爵夫人の名で知られている。ニノチカはその伯爵夫人の姪の孫に当たるという。彼女は紋章が浅く浮き出た缶の中から、色あせてセピア色になった切り抜きをいくつか取り出した。そのひとつに、ニノチカに似た女性の肖像写真があった。似ているというよりは、もうひとりのニノチカという感じだ。僕はうまい言葉が見つからず、「きれいな人だね」とやや困惑ぎみに応じる。

「いったいどこを見てるのよ」彼女に叱りつけられた。「写真じゃなくて、記事の署名に注目して」

伯爵夫人は、帽子や装身具を身につけていたが、それでも美しさを放っていた。そこで僕は、『模作と雑録』の切り抜きと、マルセル・プルーストの署名入りの新聞記事を見た。そこに書かれた内容を読み取り、思わず両手が震える。プルーストはマダム・ポトツカを、バルザックの小説に出てくる女主人公のように捉えていた、という内容だった。《Belle Dame sans merci（情け容赦なき美しい貴婦人）》とも記されていた。完全に意味を理解したとは言いがたいが、彼女への賛辞であるのは確かだ。

「あまりに自由奔放な女性でね」耳元でニノチカの囁《ささや》く声がする。「ヨーロッパじゅうの男たちが彼女に夢中だったって話よ。でも誰にも振り向くことはなかった。祖母は彼女の姪で侍女でもあったの。だからわたしが子どもの頃には、彼女の昔話をずいぶん聞かされた。よく伯爵夫人と一緒にロシア生まれのグレイハウンド犬を何匹も連れて、霧に包まれたブローニュの森を散歩したものだって」

「プルーストも彼女に恋をしていたんだろうか？」話がどこに行き着くのかもわからぬまま、彼女に問いかけた。

「つまらないことを言わないで」またもや彼女に叱りつけられる。「プルーストが同性愛者だったことは有名な話でしょう？　でも、それはそれで魅力的な男だったらしい。彼といると本当に楽しかったって、祖母が口癖のように言っていたほどだから。プルーストもポトツカも、呆れるぐらいに純粋で奔放だったのよ。祖母がペルーに移住した時、プルーストが送ってきたカードを見せてあげる」

ニノチカはそう言って、缶の中を引っかき回し、一枚の絵葉書を取り出す。一九一〇年の消印とともに、細かい字で文が添えられていた。

《Temps perdu ne se retrouve point. Marcel》

「これってどういう意味？」

「《失われた時は二度と取り戻せない》よ。あなた、まだ『失われた時を求めて』を読んでないの？」美しい眉をひそめて問い質してくる。

「うん、実はまだなんだ」蚊の鳴くような声で僕は応じた。不本意ながら全七巻の本代は、アメリカ製のローラースケートで消えてしまっていた。「できれば、その小説を読むのは、二〜三年先にしたい。僕自身がもう少し成熟してからの方がいいかと思ってね」

それまでニノチカの頭では、僕の年齢のことなど意識していなかったらしい。僕が彼女よりも九つ年下だと知って、ひどく面白がっていた。「参ったわね」と何度も繰り返す。「そんなあなたに、伯爵夫人の秘めごとを語ってたなんて」

リマでは、ニノチカの母方の家系が噂になることはなかった。父方の名字の威光が、人々を押さえつけていたとも言えるが。けれどもその日の午後、彼女のロシア譲りの美しさが、文学という名の輝きを放った。僕の脳裏にさまざまな場面が浮かんでくる。パステルナークの『ドクトル・ジバゴ』に登場するララの瞳。チェーホフが描写した田舎娘たちの、小麦の香りが漂う三つ編みの髪。トルストイが綴った、悲しき玩具と化していくカチューシャの姿。ナボコフのマーシエンカが見せる落胆のまなざし……。柔らかな、それでいてどこか物寂しいロシア女性たちの美しいイメージが、ニノチカの白く細い手首に凝縮されていくのを感じた。

「あなたに折り入ってお願いがあるんだけど」目を瞬かせ、長いまつげが揺れるかすかな音とともに口にする。

恍惚とも夢想とも違った、異質の沈黙が漂う。

「いつかわたしのことを小説に書いてほしいの」と彼女は切り出した。「本当のわたしの姿をよ。

プルーストが、彼の目に映ったポトツカ伯爵夫人を描いたように」

「でも、なぜ僕に頼むんだい？」困惑しながら尋ねる。

「多くの人が本当のわたしではなく、装ったわたしだけを見て近寄ってくるからよ」彼女は珍しく、自分に言い聞かせるような口調で静かに語った。よく男が、意中の相手の視線を気にして、ゆっくりと目の前を歩くことがあるが、彼女の物言いにはそれとよく似た趣《おもむき》があった。「だけどあなたは違う。だって、わたしに恋する気など起こりそうもないから。そうでしょう？」

「正解だよ、ニノチカ。まったくそのとおりだ」

「なぜだか聞かせてもらえる？」彼女はたたみかけるように問い質す。「わたしのことが嫌いなの？　それとも、年増の女に見えるから？」

「好きになったところで、時間の無駄になるに決まってるからさ。それに、失われた時は二度と取り戻せない」悲痛な思いに苛まれながら、そう答えるしかなかった。

ニノチカは僕の返答に感心していたが、おそらく彼女には僕の本心も、また僕が彼女の気持ちを察していることもわかっていたに違いない。彼女は僕の未来の執筆の謝礼として、プルーストの細密画のコピー、トルーマン・カポーティが描いたマリリン・モンローの人物素描、トルストイの未発表小説をくれると約束した。そんな宝物を所有しているのは、彼女の祖母がロシア皇妃マリア・アレクサンドロヴナと知り合いで、幼い頃によく話を聞かされていたからだという。

玄関先で別れる際、彼女はもう一度、自分のことを小説に書いてほしいと頼んできた。また、僕がどれほど彼女を愛していたかについても、自由に書いてもらって構わない、とも言った。その上で、ひと言ひと言をいたわるようにして甘く囁いた。「その代わり、愛情なしでは書けないという場合には、遠慮なくわたしを好きになって。無駄な執筆はやめてよ」

そうして僕はひとり、バランコの海岸通りを目指して歩いた。気の利いたタイトルと、失われた時をどうやって海に綴っていくかを考えながら、前を見つめた。

第十章　イツェル

君が楽器の調弦を心得て、うまく奏でられるというのなら、
素晴らしい歌声で、人々を和《なご》ませられるというのなら、
女が耳を傾けている場所で、
それらを試さぬ理由はない。

『よき愛の書』515節

一九八四年の半ば頃、僕はカトリカ大学人文学部の学部長から呼び出され、奨学生に選ばれて、海外の研究機関で学べることになったと告げられた。派遣先はアメリカ・ワシントンの米国議会図書館か、スペイン・セビリアのインディアス古文書館のどちらかを選んでほしいという。英語を熟知しているつもりでいた僕は、迷わずワシントンにすると答えたが、それに対し学部長は、「人は心からその言語を愛することができた時、初めてそれを極めたと言えるものだ」と述べた。学部長の指摘には確かに一理ある。考えさせられた僕は、まず自分の母語を極めるべくセビリア行きを決めた。

しばしば有名人との結婚や宝くじの当選をきっかけに、それまで誰も注目しなかった人物の才能なり魅力なりが、急に脚光を浴びることがある。それと同じことが僕にも起こった。伝統ある奨学金制度の給費生に選ばれたことで、周囲の僕を見る目が変わった。まだ大学院にも入らぬうちから博士号でも取ったかのようにもてはやされ、外国に行く前だというのに国際人扱いされた。一方、大学のクラスメートの女友達や、トレナ・アカデミーの女子生徒たちの目には、僕は異国の地にひとり放り出される幼気《いたいけ》な少年に映ったらしい。母性本能をくすぐられてか、「誰が食事を用意してくれるの？」、「ひとりでどうやって暮らすつもり？」、「第一あんた、ひとり暮らしに耐えられるわけ？」と反応はさまざまだった。出発までの数カ月間、僕は夢とロマンに溢れる海外生活のオーラに包まれていたが、それによって誰かとつき合えたわけではない。僕の人気が急速に高まったのは、僕が遠くへ行ってしまうから。ようやく女の子たちが振り向いてくれたが、彼女たちが憧れていたのは僕ではなく海外生活の方だった。

翌年一月、スペイン出発の日には、家族総出で空港まで見送りに来てくれた。そして、それぞれがはなむけの言葉を贈る。日頃の決まり文句となっている、人生に欠かせぬ三つ〝健康・金・愛〟をそっくりそのまま表していた。ママは僕の健康面を気遣い（〝わたしがメモした料理のレシピ、忘れずに持ったわね？　スペインで材料が手に入るといいんだけど〟）、パパは僕の所持金を案じ（〝米ドル札はトランクスの中に隠しておくんだぞ！〟）、ナティおばさんは僕の愛情面を心配する（〝気をつけなさいよ、フェルナンド。スペイン女たちは最悪だって話だから〟）。僕にとっては、ペルー人女性よりも最悪な女の子はあり得ない。ナティおばさんには、その事実がわかるはずもなかった。

初めての空の旅で不安はあったが、セビリアでの生活に思いを馳せると、むしろ到着が待ち遠しくて仕方がなかった。おそらくリマで、僕の恋が一度も実らなかったのは、女の子たちが揃いも揃って同じ好みだったからかもしれない。しかし海の向こうのセビリアは違う。世界じゅうからやってきた女の子たちに出会えるはずだし、好みひとつをとっても十人十色だろう。中南米やヨーロッパからの留学生、フラメンコ・ダンサーに憧れる日本人女性、観光目的の知的なドイツ人女性、英語講師をしているイギリス人女性、アメリカ人女性……。ナティおばさんが最悪だと評したスペイン人女性を除いても、それだけの女の子がセビリアに集結している。そうなれば中には、僕を見初める娘がいても不思議ではない。そんな思いが僕の期待を膨らませる。おそらくリマの女の子たちにとっては、むしろ僕の方が最悪の男だったのだから。

真夏のペルーから真冬のスペインに到着した僕は、途中、数日間を極寒のマドリードで過ごしたのち、時差ぼけも抜けぬままセビリアに到着した。その後の一週間は、セビリア大学の掲示板を頼りに住まい探しをした。その甲斐あって一月半ばには、ロス・レメディオス地区のアパートに落ち着くことができた。ルームメイトとなったのはレバノン系のアメリカ人男性だった。挨拶代わりに、ママ直伝の料理を振る舞ったところ、彼は快く食後の皿洗いを買って出た。当然僕も、彼に女友達を紹介された時には、部屋の床掃除をするなどして、互いに良好な関係を築いていった。

セビリアは美人の人口密度が最も高い地域に違いない。僕の周囲半径一キロメートルを見渡しても、パンプローナ出身の女性ピアニスト、アメリカ人女子留学生、向かいのアパートの女性、薬局の女性薬剤師をはじめ、行く先々の店で応対してくれる女性店員たちも、道ですれ違った女性たちも、バスで乗り合わせた女性たちも誰もが美しすぎて、僕は五日も経たぬうちに、大勢の女性に恋をした。プラトニックな恋愛ばかりを続けてきた僕には、このような状況への免疫がない。過剰なまでの幻想にさらされた僕は、過去の失恋の痛手も忘れ、ギリシア神話の半人半獣の神サテュロスやシャルル・ペローの童話『青ひげ』の主人公のような、無節操な好色家になった気分に浸っていた。だがそんな状態もイツェルと出会った瞬間、正常に戻った。

僕は、毎朝七時四十五分には古文書館に着けるようアパートを出ていた。夜が明けて間もないセビリアの通りに、街灯の明かりが揺れる。黒いビロード地を飾るブローチのきらめきにも似た、そんな街並みを眺めて歩くのが好きだった。開館時間きっかりにやってくる研究者たちは、いかにも学者らしく厳しい顔をした者たちばかりだ。但しアメリカ人の研究者たちは例外で、起き抜けなのか寝ていないのか、見分けのつかぬ冴えない顔をしている者が多い。その一方で、僕と同じラテンアメリカ出身の奨学生の大半は、九時半前後にやってくる。そんな中でメキシコ人女性イツェルだけは、十時にならないと現れなかった。彼女がまばゆいばかりの輝きとともに研究室に足を踏み入れた途端に、その場の重々しい雰囲気が和らぎ、何もかもが明るさを帯びる。十七世紀の書記たちが綴った、どこか暗鬱な古文書の文字までが鮮明に見える気がした。

イツェルというのはマヤ族に由来する名前だ。彼女の両親はスペイン内戦時にメキシコに亡命した共和国派だった。自分たちを受け入れてくれた国メキシコ。そこで祖国スペインの植民地支配による先住民文化の破壊ぶりを目の当たりにした夫妻は、生まれた娘にその名を残すこと以外に償う手立てが見つからなかったという。それだけにイツェルの名を呼ぶことは魔法の言葉を唱えるようなものであり、彼女に恋するのはその魔法の結果だったと言える。そんなわけで、バー・ビセンテで初めてイツェルを紹介された日、僕は彼女を口説くと決めた。長年の失恋経験から得た強みがあるとすれば、拒まれるのを百も承知で取り組めることだった。

イツェルは美しすぎるだけでなく、優秀で魅力溢れる知性を備えていた。その上両親の影響で、著名人たちと家族ぐるみのつき合いがあることをたえず口にしていた。たとえば、亡命スペイン人仲間である詩人のフアン・ラモン・ヒメネス、ルイス・セルヌダ、ペドロ・サリナス。あるいは地元メキシコが誇る傑出した人物たち、ディエゴ・リベラ、オクタビオ・パス、アルフォンソ・レイエスといった名前まで次から次へと飛び出してくる。詩人のホルヘ・ギリェンや作家のマックス・アウブと毎週昼食をともにしていたと説明されるたびに、僕は思わず聞き入ったものだ。彼女の体験談の中でも出色だったのが、ルイス・ブニュエルの葬儀の逸話だ。スペイン生まれの映画監督ブニュエルは、亡命・帰化したメキシコで二年前に亡くなったばかりだった。「スペイン政府が送り込んできたくそったれどもを、彼の棺には一歩たりとも近づかせなかったわ」

とイツェルは僕の目を見つめて息巻く。「ブニュエルはあたしたちの仲間だもの」〝あたしたち〟とは当然ながらメキシコ人ではなく、祖国を追われたスペイン人、海を隔てたメキシコにもうひとつのスペインを築いた亡命スペイン人たちを指していた。おお、イツェル！　何よりも僕は、彼女の知的プロフィールに魅了されたと言える。それにしても何たる経歴！　何たる知性！

寝る間も惜しんで読み耽ってきた名作の数々が、初めて僕の恋の駆け引きに役立つ時が来た。週末ごとにセビリア市内のバーで仲間たちと集まるたびに、僕はその場で詳細な地図を広げるかのように自分の読書歴を披露する。その間イツェルは、トルテカ族の女神のごとく冷ややかなまなざしで僕を見つめ、黙って耳を傾けていたが、その後、辛辣な口調で言い放った。

「フン、ハルネスを読んでいないとは甘いわね」

「え？　今、誰と？」

「ベンハミン・ハルネス。スペイン人亡命作家の。パパの友人だったわ」

「あ〜あ、ハルネスか……」

「彼の作品は必読よ、ウスノロくん」

「了解、今度読んでみるよ」

イツェルが他者に心を動かされることは滅多にない。僕がボルヘスを称えると、彼女はイタロ・カルヴィーノの方が好みだと言い、僕がフリオ・コルタサルを勧めれば、ファン・ホセ・アレオラを推してくる。僕がセサル・バジェホの詩を暗唱すれば、パブロ・ネルーダの献辞で対抗し、僕がバルガス・リョサと一緒にコーヒーを飲んだことがあると告げれば、カルロス・フエンテスと夕食をともにしたと切り返してくる。僕がバジェ・インクランが好きだと言うや、小説『夏のソナタ』でのメキシコ描写は、呆れるほどにお粗末だと嘆いてみせる。ある朝僕はうっかり、スペインの作家アソリンの作品が面白かったと口にしたことで、それまで築き上げてきた彼女との関係を危うく台無しにするところだった。「バカ言わないでよ！　フランコの下僕にふさわしいのは死肉を貪《むさぼ》るハゲタカの汚名だけよ」そんなわけで僕は、イツェルを文学で口説くのは無理だと悟った。そうなると僕に残された知的な手段は、メキシコ民謡ランチェーラしかない。

僕ら古文書館の奨学生仲間は、週末のたびに居酒屋ラ・カルボネリアに繰り出していた。そこは進歩的な人々が集《つど》う店で、フラメンコショーを見せる酒場タブラオのような雰囲気もあり、いつでも客が弾けるようにとギターが一本置かれていた。ある晩のこと、珍しく静かな店内で話をしていた僕らのところに人がやってきて、誰か中南米の歌を歌ってくれないかと頼んできた。返事をするよりも先に、なぜか僕にギターが手渡された。そこで手始めにチャブーカ・グランダの「シナモンの花」やアタウアルパ・ユパンキの「牛車にゆられて」、トリオ・ロス・パンチョスのボレロ数曲と、誰もが知っている曲から始め、人が集まり出したところで、僕はあえて、通好みのレパートリーを披露してみた。

パラグアイ民謡「チョグイ鳥」を歌い出した時には、まずはカウンターの客たちが振り向き、次いでブラジルの歌手シコ・ブアルキの「いったい何だろう」では周囲でざわめきが起こった。畳みかけるように奏でたキューバの「山のソン」ではみなが声を合わせて歌い出し、チリ民謡「ラ・ムラージャ」に至った時には、拍手喝采の大騒ぎとなっていた。ラ・カルボネリアの常連たちが、次第に活気づいていくのが手に取るようにわかる。この様子なら、プロテスト・ソングの方が盛り上がるに違いない。僕の脳裏に、かつてカトリカ大学で経験した学生連合本部の代表選挙の記憶がよみがえる。会場を埋め尽くす観衆、拳を突き上げる支持者たち、周囲にはためく赤い旗……僕は昔の場面に思いを馳せつつ、とりわけ好戦的でロマンに溢れる一連の革命歌を口ずさんだ。やがてギターを抱えた僕の周りに、魅力的な女性たちが集まってきた。タイトなスーツを着こなした大人の女性が「アマンダの思い出」をリクエストする。負けじとばかりに青い瞳の女の子が「アルフォンシーナと海」を歌ってくれと言ってきた。続く「ジョランダ」をリクエストしたのは、文献学でも研究していそうな才女タイプの女性だった。それがイツェルを振り向かせるための作戦でなければ、僕はその場で感激のあまりショック死していたかもしれない。ところがイツェルは、僕が彼女に惚れているということを周囲に知らしめようとした。

「お遊びはそれぐらいで十分でしょう、坊や」彼女は僕の手をつかみ、演奏を中断させた。「懐メロなんかやめにして、あたしにランチェーラを歌ってよ」

これまでしらふの状態でランチェーラなど歌ったことはないし、ましてやメキシコ人女性を口説くために歌った経験など皆無だった。なのに僕はうかつにも「どの曲がいい？」などと彼女に尋ねてしまった。するとイツエルは、アグスティン・ララのボレロに出てくる「マリア・ボニータ」よりもずっと可愛らしい仕草で答えた。「〝去りゆく列車〟がいいなあ」その瞬間、僕はパニックに陥った。いくらギターを弾いて歌えるからといって、得意なレパートリーならともかく、客の要望に応じて何でも歌えるマリアッチではない。実際、知っているランチェーラなど五曲にも満たないし、記憶のジュークボックスをかき回したところで、「去りゆく列車」という曲名はどこにもない。その後の展開は、メキシコ映画の一幕のようだった。それまで好評を博していたキューバのプロテスト・ソングを中断したかと思ったら、何を血迷ったのか、今度はメキシコの陽気なランチェーラを歌い出す。にもかかわらず、即座に妙な女に怒鳴られ演奏をやめる。いったい何があったのだ？　あの怒り狂った女は何者だ？　先ほどまでのシルビオ・ロドリゲスのナンバーと「エル・ランチョ・グランデ」の間に何か関係があるのか？　居合わせた人々にはまったく理解できなかっただろうが、僕だけはわかっていた。真っ赤に顔を上気させたイツエルが、不満と憤りをあらわに席を立つ。大股歩きでラ・カルボネリアを立ち去る際、彼女が吐いた捨てゼリフがすべてを物語っていた。

「人をバカにしないでよ。これ以上つき合っちゃいられないわ！」

ボルヘスの短篇には、御言葉というただひとつの言葉を発したり、虎の毛皮に記された神々の書跡を判読したり、ほとんど直視できないほどに輝く玉虫色の小球体を目にしたことで、凝縮された宇宙の真髄を見いだした者たちがいる。もちろん僕はそんな賢人たちの域には及ばないが、イツェルが去ったあと、グラスの底に映った自分のまぬけ面《づら》を目にした途端、あることに気づいた。僕は、一曲たりとも満足にランチェーラを歌うことはできないかもしれない。だけどランチェーラに込められた悲哀の心だけは熟知しているのではないか。何しろそれを、肌で感じながら生きてきたようなものだ。ふと明日の朝の光景が目に浮かぶ。「あのあと、フェルナンドはやけ酒を飲んで酔いつぶれたよ」と仲間たちから報告され、「あたしが理由でね」と誇らしげに応じるイツェル……。メキシコ風に吹き替えられた映画の一シーンに突然、アンダルシア訛《なま》りの声が割り込み現実に引き戻される。

「大将、あんたのおかげでデートの話がまとまったよ。お礼にあんたにもきれいどころをひとり進呈するぜ」

「俺たちからの感謝の気持ちだ。受け取ってくれよな」

　妄想上の映画に出ていた荒くれ男たちの姿がかき消え、僕の目の前には、親しげな笑顔の若者ふたりが立っていた。どちらも痩せ型で、背の低い方は作家のオスカー・ワイルドと西部劇漫画のラッキー・ルークを足して二で割ったような風貌だ（〃俺はバルベラン。ハエンの出身で、子だくさんの教師の息子だ〃）。背の高い方は聖週間卵《イースターエッグ》よりも派手な柄シャツを着て、どこの元帥かと思うほどに磨き上げた革靴を履いた、兵役を休暇中のヒッピーといった風体だ（〃仲間内ではレボージョと呼ばれてる。「トルコガシ」って意味だが、悪友たちは「スケコマシ」って呼んでるよ〃）。バルベランはセビリアの日刊紙の記者、レボージョはフラメンコ学校のギタリストだという。どうやらふたりとも、僕が歌っている間、興奮のるつぼと化していた店内で、女の子との約束を取りつけたらしい。もっとも彼らが僕のもとにやってきたのは、礼を言うためではなく、もう一度さっきの曲を演奏してほしかったからだった。

「あんたの演奏、最高だったよ、大将。外国人の女たちのハートまでつかんでさ！」

「しかもとびきりの上玉揃いで、醜い女などいやしない」

そんなことを言われても、僕は少しも喜べなかったし、今さら同じ歌を演奏する気にもなれなかった。結果としてどの曲も、イツェルを感動させるまでに至らなかったのだから。気乗りしない僕の態度に、ふたりはいら立った様子だ。まるでペナルティーキックを放とうと思ったら、一個しかないボールが観覧席にあるのに気づいた選手たちのようだった。

「つれないこと、言うなよな」バルベランが不平を言う。

「俺たちの努力を水の泡にする気かよ」とレボージョも食い下がる。

僕が十年かかっても得られなかったものを、十分足らずで手にできる。そんな与太者たちの自信満々ぶりに、僕は心底腹が立った。

「何か心配ごとでもあるのか、大将？」不意にバルベランが訊いてきた。

「〝去りゆく列車〟だよ」と僕はぶっきらぼうに口にする。

「そんなことは遠慮せずに先に言えよ」レボージョが胸を張った。「俺たちがサン・ベルナルド駅まで送ってやるからさ。何なら、住んでる町まで送り届けてやってもいいぜ」

一瞬、僕の頭にクエスチョンマークが浮かんだが、即座に合点がいった。彼らは〝去りゆく列車〟を文字どおりの〝列車〟と捉えたのだ。笑いが込み上げてきて止まらなくなった。バルベランとレボージョも僕につられて笑い出し、そのまま三人で腹を抱えて笑い転げた。事情を知らぬふたりに〝去りゆく列車〟を説明するには、多少なりともイツエルのことを打ち明けざるを得ない。軽く触れる程度にとどめるつもりだったのが、思いがけず話の流れから、これまでの経緯も含めて何もかも語る羽目になった。まずはカルメン（〝幼稚な娘には要注意だぞ〟）、次いでタイス（〝そういう強い女、俺は好きだな、大将〟）、カロリーナ（〝左翼の女に気をつけるのは鉄則だろ〟）、リシー（〝線が細いのも好みだよ〟）、アレハンドラ（〝ローラースケートに入れ込む奴にもご用心〟）、カミーユ（〝いいねえ、オプス・デイの女かよ〟）、レベカ（〝ユダヤの女は危うきにつき近寄るべからず〟）にアナ・ルシア（〝やたらにキスする女、たまんねえな〟）、ニノチカ（〝スペインじゃロシア人は不実の代名詞だぜ〟）のことも。

延々と続く僕の失恋遍歴、わが人生のランチェーラとも呼ぶべき物語を構わず語った。しかし思いの丈を吐き出すと、あとは救いがたい沈黙だけが漂った。気落ちする僕を見たレボージョが、彼流のフラメンコ哲学で励ます。「心に張った六本の弦を、あんたはかきむしりながら生きてきたわけだ」すかさずバルベランが僕にギターを手渡し、今度は悲しみを糧に歌えと促す。女性たちは哀愁漂う男の姿に弱いというのが彼の持論だった。「万有引力の法則さ、大将。あんたさえ引力を持てば、女たちが落ちてくるのは必然だ」

僕を囲んだまま、演奏に耳を傾ける女性たち。そんな彼女たちを惹きつけるレボージョとバルベランの連携プレーは、みごととしか言いようがなかった。一方が笑顔を見せれば、もう一方は涙を浮かべ、一方が拍手をすれば、もう一方は無関心を装う。一方がアンコールをせがめば、もう一方は湿っぽい歌などやめちまえとブーイングする。そうこうするうち目星をつけた数人の娘に的を絞って会話を始めるが、これがまた巧みだ。他愛もないことを話しながらも、誰と、いつ、どこで、どうやってベッドインするかを、しっかりと見極めている。そこに〝なぜ〟という言葉は存在しない。そしてそのやり取りに花を添えていたのが、僕が奏でる「コーヒールンバ（モリエンド・カフェ）」だった。

僕がキューバのヌエバ・トローバ▼32のヒット曲を何曲か演奏し出した頃には、彼らの会話はより濃密なものになっていた。挑発するような輝きを宿したまなざしで相手を見つめ、甘い言葉を囁く。意外なのはそんなロマンチックな状況下で、バルベランが女の子たちに対し、僕にしたのとまったく同じ自己紹介をしていたことだ。「ハエンの出身で子だくさんの教師の息子だ」さらにご丁寧に、仕事漬けになるのが嫌で、セビリア一の新聞社からの申し出を拒んで現在の小新聞社に入ったこと、編集部随一の記者であることまで説明していた。一方のレボージョは、女の子たちにへつらい、何を言っているのかまでは聞き取れなかったが、詩の断片を口ずさんでは彼女たちを賛美していたようだ。バルベランは率直さを武器に女の子たちの心に入り込み（〝大将、今夜うまく行ったら、明日は追加公演だぜ〟）、レボージョは繊細な感性で女の子たちを包み込んでいた（〝ところであんた、どこのオーデコロン使ってる？　女を口説くのにぴったりなのを進呈してやるよ〟）。

閉店時刻が迫ったため、ラ・カルボネリアのウェイターたちがギターを片づけるようにと告げてきた。僕の新たな友人たちは、三十分以上も女の子たちといちゃついていた。どちらも三時間前には、まじめで身持ちが堅そうに見えていた娘たちだ。彼らにあって、僕にはない魅力は何なのだろう？　僕はふたりの邪魔にならぬよう、ラ・カルボネリアをそっと抜け出し、あとは逃げるように家路を急いだ。メキシコ・ハリスコ州スタイルの記憶を拭い去るべく、ビドリオ通りを足早に進んでいると、柔らかなはずの夜のしじまに、苦しげな息遣いが迫ってくる。レボージョとバルベランが追いかけてきたのだ。

「おーい、あんたの相手も用意してあるからさ、大将！」

「こんないい女をあんたに渡したら、モーロ人たちに恨まれちまうだろうな！」

僕がなぜイツェル以外の女性に興味がないのか。ラ・カルボネリアでのホットなニュースよりも、インディアス古文書館の冷めきった文献にこだわる。ジャーナリストのバルベランには、そんな僕の心情は理解しがたかったようだ。しかしレボージョは芸術家だけに、少なくとも僕の思

▼32　六〇年代後半にラテンアメリカで起こった〝ヌエバ・カンシオン（新しい歌）・ムーブメント〟のこと。文学的で社会的なメッセージが強い歌詞が特徴。

いを汲み取ったらしい（〝あんたは綿パンより長持ちする恋人が欲しいわけだな〟）。僕はそれまで自分が抱えた恋の悩みを、そんなふうに誰かと分かち合えたことはなかった。彼らの思いやりが頑《かたく》なな僕の心をいくらかほぐしてくれたのだろう。

事情を知ったレボージョとバルベランは、僕のためにひと肌脱ごうと即座に行動を開始した。ふたりは僕をペーニャ（音楽酒場）・トーレス・マカレナに引っ張っていった。その店で歌っているジプシー男が、時々村祭りでマリアッチとして演奏もしているという。僕にランチェーラを教えられるのはその人物、〝メッセンジャー〟ことニーニョ・デ・ロス・レカードスを置いてほかにいない。「スペイン一のメキシコ風フラメンコ歌手だ」とレボージョが太鼓判を押した。

僕が〝メッセンジャー〟と引き合わされた店トーレス・マカレナは、うらぶれて崩れかかった建物のそばにあった。おそらくこの界隈《かいわい》は、古きよき時代には賑わっていたのだろうが、今は見る影もない。むしろこの悪しき時代に、かろうじて持ちこたえている感じだ。建物上部の朽ち果てた銃眼つきの胸壁を見ても、中世の町の城壁が、長年の風雨にさらされたものであるのがわかる。遠目には使い古された入れ歯に見えなくもない。実はメキシコ風フラメンコ歌手〝メッセンジャー〟が、今一番欲しがっているのが、まさにその入れ歯だという。いずれ大物になった暁には、宝石入りの純金製入れ歯を作るのだと息巻いていた。「ひと昔前の粋な道楽者みたいにな」と何度も繰り返して。

レボージョと〝メッセンジャー〟はラス・トレスミルの名で知られる地区に住んでいた。古文書館の職員たちの話では、警察ですら遠慮する無法地帯らしい。だがリマで生まれ育った僕にしてみれば、スラム街など見慣れた光景だ。そこで僕は「気にせずそこに連れていってくれ」とレボージョに頼んだ。もっともバルベランはそんな僕を見て、「すげえ度胸だな、大将。ハエン生まれの俺ですら怖くてちびりそうだってのに」と言っていたが。ラス・トレスミルはシカゴをさらに貧しくした雰囲気だ。リマでたとえるなら、スルキージョ地区やラ・ビクトリア地区といった感じだろう。タコラ地区やメンドシータ地区ほどはひどくない。少なくとも配管工や大学の教員たちが住んでいるような、落ち着いた地区だった。

〝メッセンジャー〟の住まいであるひと間のアパートは極端に狭かったが、同じ建物内には八人家族が暮らしている部屋もあるというから驚きだ（〝それが家庭ってもんだぜ、大将〟）。廊下に明かりはなかったが、暗がりの中でもネズミにかじられたらしき壁の装飾が見て取れる。それよりも気になるのは、壁がやけに湿っぽく、歩くごとに床が沈むこと。おまけに配管がむき出しで、水の流れる音やガスのにおいが漂っている（〝ドライバー一本で一棟丸ごと解体できそうだな〟）。部屋に入ると〝メッセンジャー〟はカーテンを引いて裸電球をつけた。青白い光に照らされる小空間、そこは彼のオフィス兼レコード・ライブラリー兼スタジオだった。

電話ボックスよりも狭い空間に、異なる高さに積み重ねられたカセットテープが高層ビル群を形成している。こんな光景は大学広場の売店か、ラ・パラーダの蚤の市でしかお目にかかれない。

〝メッセンジャー〟は字が読めないので、ジャンル別に写真や絵で分類している。マリアッチの写真がついているのがランチェーラで、ケースとテープ本体にそれぞれ小さなメキシカンハットの絵が貼ってあった。

「ところで、なぜ〝メッセンジャー〟と呼ばれているんだい？」何の気なしに尋ねてみた。

「本名は〝レカレード〟だが、ガキの頃から〝レカード（使い走り）〟とからかわれてな」

「オートバイレーサーと同じ名前なんだよな」

「バイク乗りなんかじゃねえ、あほたれ。昔の偉い王さまだ」

「けどさ、〝トルコガシ〟よりはましだろ？」

「何をほざくか、青二才。〝レボージョ〟ってのはファンダンゴ[33]のひとつだぞ。ハエン生まれのおめえには、フラメンコのことはわかるめえ」

「これでも俺は新聞記者だぜ。あんたこそ、シエレが何だかわかってんのか？」

「歌《カンテ》の締め《シエレ》か？　踊《バイレ》りの締め《シエレ》か？　どっちのことだ？　フン、へぼ記者め！」

　そうこうするうち〝メッセンジャー〟が、テープを取り出し、再生ボタンを押した。早朝五時のラス・トレスミル一帯に、大音量のランチェーラが響き渡る。すると隣室の住人が壁を激しく叩いて抗議してきた。ひるんだ僕を〝メッセンジャー〟がなだめる。「なになに、これでおあいこだ。こっちだってライムンドのエレキギターには、散々うんざりさせられてんだからよ」すると〝去りゆく列車〟こと「もう戻らない」のイントロが流れ出した。イツエルの心を射止められる、唯一のランチェーラだ。僕が歌詞を聞き取り、書き写せるよう、三人はその間、じっと黙っていてくれた。

たとえ君が、僕から遠く離れたところで、
僕が傍にいてくれたらと願ったとしても、
もはや君は、これ以上、僕の思い出も、
僕への愛も見いだすことはないだろう。

僕ら二人は吹きすさぶ風に引きちぎられた雲、
流れの中で、たえずぶつかり合っていた小石、
滴りながらも陽光に飲み干された無数の水滴、
もしくは覚めやらぬ陶酔のようなものだった。

たとえ運命にこの身を引き裂かれようとも、
もう戻らない。そう誓おう。

▼33　フラメンコの伝統的なリズムのひとつで、四分の三拍子の激しい動きが特徴。

情熱の炎とともに一度は愛したはずの君が、
今や僕の心に、静かに別れを告げている。

去りゆく列車に乗り込んで、僕はひとり旅立っていく。
手に握り締めた片道切符に、揺れる想いを託しながら。
君が僕に望むものがあるなら、何でも差し出そう。
但し君のキスに応じるつもりはない。

もう戻らない。
僕を見守る神に誓って、君に約束しよう。
苦渋の涙に濡れながら、君に告げよう、
もう戻らない。

僕が立ち止まることはないだろう。
君の流した涙が、忘却の川となり、
君の思い出に浸った僕が、
溺れる日が来るまでは。

曲が終わっても誰ひとりとして言葉を発しない。この曲を聴いてどう感じたのだろう。正直言ってとても名曲には思えない。なぜイツェルはわざわざ、こんな恋歌をリクエストしたのだろう？　〝去りゆく列車〟が鉄道絡みの愛の歌であることだけは確かなのだが。

「大将、俺があんたなら、もっと無難なバラードにするけどな」とバルベランがつぶやく。

「ペーニャ・マイレナ主催のフラメンコ・コンクールでこのランチェーラを熱唱したら、シギリーヤ[▼34]賞は間違いなしだな。オレが何を言いたいのか、わかるか？」とレボージョも難色を示す。

ところがこの曲に対する〝メッセンジャー〟の捉え方は違った。彼はメキシコにおける愛と女性のあり方を解説してくれたが、僕はそれを聞いて身の毛がよだった。彼の地《か》では、血に染まらぬ愛はない。求婚者たちが血みどろになって争うさまを見て、女性たちは恋に落ちる。だからランチェーラの歌詞には流血がつきものなのだと。それはともかく常識的に考えれば、イツェルにはセレナーデを贈るのが一番だ。彼女の家の軒下で、大げさにならぬ程度にみんなでマリアッチをやろうとの結論に落ち着いた。とはいえ、これから行くにはあまりに時間が遅すぎる。というよりも早すぎる。そこで僕らは一旦解散とした。僕は本番に備えて、アパートに帰って寝ることにする。その日は古文書館を欠席した。

▼34　アンダルシア地方のフラメンコ歌謡、カンテ・ホンド（深い歌）の一種。憂鬱な嘆きが特徴。

ひと眠りしたあと、僕は〝メッセンジャー〟に借りたカセットテープを何度も聴いて、メインの〝去りゆく列車〟はもちろん、その前に演奏する曲目の練習に励んだ。幸いランチェーラのメロディーとコードは単純だったので、歌詞さえ覚えてしまえばよかった。〝メッセンジャー〟の言い分は間違っていない。確かにランチェーラの歌詞に出てくるメキシコ男は、つれない態度を取ったと言っては女を殺し、ほかの男のもとへ走ったと言っては女を殺し、女が病気か何かで死んだと言っては酔いつぶれる。その繰り返しだった。

僕らは夜中の十二時にヌエバ広場で落ち合うことになっていた。時間どおりに到着すると、すでにラス・トレスミルのマリアッチ・トリオが十五名の日本人観光客を引き連れて待っていた。

「メキシコ人を装うには、俺たちハンサムすぎるよな、大将」

「ここまで本格的になるとは、予想してなかっただろ？」

実際これまで僕のために、しかもこれほど短時間で尽くしてくれた人などいなかった。〝メッセンジャー〟はマリアッチの衣装を、レボージョは楽器を、バルベランは空砲入りのピストルを調達してくれた（〝大将、血まみれになりたけりゃ、遠慮なく言ってくれよ〟）。極めつけは彼らが助っ人として連れてきた肥満体の青年だった。「ヒマラヤならぬカンティジャーナの雪男〝イエティ〟だ」レボージョが彼を紹介する。〝イェティ〟の役目はランチェーラの演奏中に、「アイアイアイ」という掛け声を入れることだ。レボージョは相変わらず、メキシコ人はフラメンコのシギリーヤの代わりにランチェーラを歌っているのだと主張し続けていた。

「こいつはとんでもない歌唱力の持ち主だから、そのうちフラメンコ界きっての歌《カンテ》の怪物になるはずだ。バルベラン、今のうちにインタビューしといた方が得策だぞ」

「何なら二回、インタビューしても構わないぜ。一回はフラメンコ歌手として、もう一回は怪物としてな」

　イツエルの下宿はロシータス通りにある。モルビエドロ広場とサラゴサ通りの間の閑静な小路だ。僕らは十五名の日本人観光客と野次馬の群れを引き連れ、そこまで歩いた。〝メッセンジャー〟がトランペットを手にファンファーレを吹き鳴らし、バルベランが夜空に向けて空砲を数発放つ。するとすぐに、パジャマ姿の子どもたちや夜更かし好きな学生たち、ナイトガウンを羽織ったおかみさんたちや酒臭いガードマンたち、テレビの深夜放送を見飽きた者たちが表に飛び出し、付近一帯はお祭り騒ぎとなった。外野ばかりが反応し、なかなか主役が出てこない。しかし僕には、イツエルがいるとわかっている。部屋の明かりがついていたからだ。

　僕らマリアッチがシナリオに則《のっと》り、まずは地元スペインの学生音楽隊の定番「クラベリートス」、次いでメキシコの名曲「ボルベール、ボルベール」を演奏すると、周囲から〝オーレ！〟の掛け声がかかった。割れんばかりの拍手が起こり、感涙にむせぶおかみさんもちらほら見えたが、まだ肝心のイツエルは姿を現さない。そこで、〝メッセンジャー〟は僕を落ち着かせるべく「荒っぽい手を使うしかなさそうだ」と言うや否や、ソン[▼35]を歌ってくれた。ところが、よりにもよってその曲は、かつて愛した女性を履き古した靴《チャンクラ》になぞらえたもので「捨てたチャンクラなど二度と拾わない」という歌詞だったのだ。今頃メキシコ女性のイツエルは、僕を血祭りに上げるべくナイフを取り出しているところかもしれない。そう思うだけで、背筋が冷たくなった。すると案の定、無礼極まりない僕の態度に挑発されてか、イツエルがバルコニーから顔を覗かせた。

それまで誰ひとりとして、僕らマリアッチ団がセレナーデを贈っていたとは思っていなかったらしい。まばゆいばかりのヒロイン・イツエルが窓辺に登場すると、事情を飲み込んだ観衆たちから歓声が沸き起こる。そこには、騒ぎに迷惑した住民から通報を受けて、駆けつけてきた警官たちの姿もあった。予定どおりに僕は、名曲「王さま《エル・レイ》」を歌って彼女を歓迎し、次いで「ククルクク・パロマ」で情緒に訴える。しかし僕の恋の苦悩が、純粋で気高いことを見せつけるために、不朽の名声を誇る大歌手ホセ・アルフレド・ヒメネスのランチェーラの数々から、珠玉の名曲「彼女《エジャ》」を選び、感動的に歌い上げた。感極まったおかみさんたちの派手な嗚咽《おえつ》のせいか、〝イエティイ〟の泣きが入った奇声のせいかはわからずじまいだが、僕が最後の箇所を口ずさんだ時に、イツエルが不安に駆られたのは確かだ。

僕の悲しみを知った時、
彼女は留まることを選んだ。
だけどその晩、

彼女は愛する人を
失う運命にあった。

「ねえ坊や、ちょっと待ってて。今、下に降りるから」

愛《いと》おしげに告げる彼女の言葉を耳にした瞬間、僕は天にも昇る心地がした。セビリアのおかみさんたちの祝福の拍手に混じって、レボージョが落ち着き払った声で告げる。「あの娘はもうあんたの虜《とりこ》だよ。さあ、どうする?」何度となく夢見た瞬間だった。僕の目の前でイツェルが、「去りゆく列車」と対面し、僕に惹かれていくのは時間の問題だ。イツェルがロシータス通りに出てきたところを見計らって、バルベランが爆竹で彼女を出迎えた（〝大将、この女だったら俺も舞い上がるよ。アラメダ広場でラリってる連中と合流しかねないな〟）。

不意に自分がその時まで、ランチエーラばかりに気を取られ、音楽の質まで頭が回らなかった事実を突きつけられた。即席マリアッチ、レボージョのギターソロは妙にフラメンコ調だし、〝イエティイ〟の「アイアイアイ」の声も、愛に命を賭ける男というよりは、すでに死に際にある男の叫びに近い。いつの間にかランチエーラとはかけ離れたものになっていた。にもかかわらず

▼35（193頁）　マリアッチが好んで演奏する、四分の三拍子と八分の六拍子を組み合わせたメキシコの伝統的歌謡。キューバのソンとは別のものである。

イツェルは、嬉しそうに僕に微笑みかけている。いっそ血染めになった僕の姿を目に焼きつけ、生涯愛してくれたなら……。そのためにも今ここで、〝メッセンジャー〟がナイフのひと刺しを加えてくれないかとさえ願っていた。さまざまな思いに駆られ立ち尽くしたままの僕に、イツェルがみずからキスしてきた。

イツェルは喜びに顔を輝かせていたが、急に恥ずかしくなったのか、支離滅裂なことを口走った（〝残念ね。タコスがあれば、お仲間のみなさんに振る舞えたのに〟）。突如として南欧一の幸せ者となり、言葉を失った僕に代わって〝メッセンジャー〟が僕の本音を彼女に返す（〝ぶったまげたな、こんなに美しいお嬢さんだったとは〟）。感激をあらわに、今までセレナーデを贈られたことなどないとイツェルに告げられ（〝本場でのマリアッチの値段、知らないでしょう？〟）、僕は彼女にとって初めての男になれたことを喜んだ。僕の横で〝メッセンジャー〟が構わず尋ねる（〝ちなみにお嬢さん、ギャラの相場はどれほどかね？〟）。レボージョの予告どおり、イツェルはすっかり僕の虜になっていた（〝あんたが地元のおばさんらと世間話を始めるもんだから、無性に腹が立ってさ。もうちょっとであんたをぶっ殺すところだったよ〟）。レボージョの言葉を聞き、彼がそこまで僕の行く末を案じてくれていたことに感動した。今の僕にとって、彼の殺意ほど価値あるものはないのではないかと思ったほどだ（〝ところでお嬢さん、メキシコ・ペソはペセタに換算するといくらかね？〟）。

僕らはマリアッチの流儀に従い〝マヤの女神〟に別れを告げると、住人たちの温かい拍手喝采の中、メキシコ民謡「ラ・クカラーチャ」のメロディーとともに、人でごった返す小路から退散した。イツエルが僕を好きになるだなんて、信じられない！　はっきりと口にしたわけではないが、僕はそう予感した。もしも僕がハンサムでやり手の金持ち男だったのなら、他に目的があるとも考えられるが、不細工でドジな貧乏人だけに、むしろ確信に近いとも言える。何の見返りも期待できない僕のような男に対し、わざわざ好意的な素振りを見せる必要などない。

「あの娘の惚れようにはたまげたな」

「彼女のセリフ、聞いたか？　メキシコ女とキスするには、コメディアンのカンティンフラスを相手にするような笑いの精神が必要だな」

「田舎者は黙ってろ。メキシコの人気歌手ダニエラ・ロモも知らねえくせに」

レボージョとバルベランは祝杯を上げようと、僕をラ・カルボネリアに誘った。用事があった〝メッセンジャー〟と〝イエティ〟とはその場で別れた。ふたりはそのあと上流階級の密会場所で、フラメンコの手拍子《パルメロ》役の仕事が入っていた（〝公爵はセックスを、ソレアで始めてブレリアスで締め括る▼36のがお好みなんだ。古きよき時代の貴族のようにな〟）。別れ際、〝メッセンジャー〟

▼36　ソレアもブレリアスもフラメンコの曲種。ソレアは人生の憂いを物悲しく歌い上げ、ブレリアスは手拍子に合わせて賑やかに歌われるのが特徴。

と僕は固い抱擁を交わし合い、〝イエティ〟には固い抱擁で押しつぶされた。互いに感謝の念でいっぱいだった。無骨なフラメンコ歌手のおかげで僕は、イツェルを口説き落とせたが、そのイツェルのおかげで彼は、マリアッチの適正料金を知ったからだ。今後アンダルシアでのマリアッチ・セレナーデの相場を引き上げられる。九二年に開催予定のセビリア万博が終わる頃には、〝メッセンジャー〟は宝石をちりばめた純金製の入れ歯をしていることだろう。

ラ・カルボネリアで僕ら三人は、メキシコ風の衣装で一大センセーションを巻き起こした。勢いに乗ったたままクンビア、ウアラチャ、コリード、バルサリオと、メキシコの歌曲を歌いまくる。当然ランチェーラも熱唱した。めくるめくラテン音楽の饗宴の中で、バルベランはスゴ腕ガンマン、無法者《アウトロー》特有の性的魅力を見いだし、レボージョは〝リオ・グランデの種馬〟並みの荒々しいオーラを新たに身につけ、アメリカ人女性バックパッカーのグループを魅了する。僕は自分の幸せのために骨を折ってくれたふたりに心から恩返しをしたいと思った。本命のアメリカ人女性の腰に腕を回したままのレボージョが、言葉の壁にぶち当たってSOSしてきた際には、迷うことなく救いの手を差し伸べた。

「あんた、英語が達者だったよな？　俺の言うことを通訳してくれないか？」

「もちろんだよ、レボージョ」

「そうだなあ。ええと……『聖なる栄光を君に捧げよう』」

「それはやめた方がいい。常套句はかえって仇《あだ》になる」

「じゃあ『海辺の町ヘルベスを見せたい』はどうだ？」

「そういう遠回しな表現も別の意味で誤解を招くかもな」

「だったら直球勝負だ。『俺がイカせてやるぜ！』」

音楽で場を和ませたのち、お目当ての女の子たちと仲よくしているレボージョとバルベランを残し、僕はひと足先にラ・カルボネリアをあとにした。翌日イツェルと古文書館で会う約束をしたので、少しでも寝ておきたい。アパートへの帰り道、遠い昔にカルメンと映画を観た午後の日を思い起こした。ようやく僕の悪運がねじ曲げられた。何よりもそのことが嬉しかった。わずか一年の間に十三人の女性を誘惑できる男もいれば、十三年間で一人の女性も口説けぬ男もいる。その状況は変わらぬままだが、それでも友人たちのおかげで、僕は夢を実現できた。

そうして僕の人生最高の数週間が始まった。古文書館ではイツェルと肩を並べて研究に励み、その後はふたり手をつないで、花香るセビリアの迷宮のような街並みを散策する。互いにお気に入りの作家の名前を挙げては、文学談議に花を咲かせ、時が経つのも忘れて語り合った。信じられぬことに、僕らはあらゆる面で馬が合った。時には、リマかメキシコシティで一緒に暮らそうかと冗談を言い合い、ともにフルブライト奨学生になってカリフォルニアで博士号を取得する、ハネムーン留学はどうだろうとまで口にすることもあった。そこで彼女にキスできれば、僕としては言うことなしだったのだが。

イツェルは僕のことが好きだったが、彼女には時間が必要だった（〃何だって!? まだ彼女に指一本触れていないのか、大将？〃）。所詮どちらも奨学生の身。離れ離れになる運命で、別れの時は刻一刻と迫っていた。というのも、そんなある日イツェルから、彼女の研究期間が間もなく終わると告げられたのだ（〃なんてこった！　スペインにおける不実の代名詞は、メキシコ女だ！〃）。僕は毎日のように悲痛な思いでセレナーデを奏で、自分の境遇を嘆くランチェーラを歌い続けたが、彼女からの決定的な返事はなかった。（〃あんたを血染めにするって奥の手が残ってるぜ、大将〃）。何かが妨げとなって、彼女は僕の胸に飛び込めないようだ。

「まさか、グアダルーペの聖母の修道会に入ってる、なんて言わないよな？」

「俺が聖母のオッパイにクソしてやるぜ、大将」

「どうしてだよ、相棒？」

「決まってんだろ、神のお子さまにクソ食らわすためだ」


ある春の午後、雪のように白い花をつけたオレンジ並木の下を歩きながら、イツェルは深刻な顔で打ち明け話をした。メキシコにいる婚約者に、僕らのことを話したら、ひどく気分を害したという。婚約者は僕よりもふた回り年上の男で、生粋の数学者。すでに航空券を手配して、聖週間の初日、枝の主日[37]に（〃つまり一週間後の日曜日なのよ、坊や〃）セビリアにやってくる予定だ。なぜ最初から僕に言ってくれなかったのか？　なぜ最後の最後に、彼に言ったのか？　僕にとって最悪なのは、彼女に婚約者がいたことでも、憤慨した婚約者が飛んでくることでもない。よりによって相手が数学の専門家だということだ。

「僕らのことって何を話したんだ？」

「何もかもよ」

「まだ何もしていないじゃないか！」

「でもあなたがわたしの人生に割り込んできたのは確かでしょ？」

「そりゃそうだけど、君のベッドに入り込んだわけじゃない」

「あなたはそう思っているかもしれないけど、あの人は……」

裏切られた婚約者ほど危険な者はない。しかも相手がメキシコ男ならなおさらだ。その上数学者だと言うのだから、どう考えても冷酷だろう。話を聞いた瞬間から僕は、増幅させた怒りを糧に今後の戦略を計算しながら、僕の名前に×印をつけている男の姿を想像した。海を隔てたメキシコのどこかで、見知らぬ誰かが「僕の人生＝〇《ゼロ》」という方程式を打ち出し、笑みを浮かべている。不意にリシーのことが頭をよぎった。僕は一生代数学を理解できない。きっと彼女はそう思

▼37　イエス・キリストの復活を祝うキリスト教の行事、復活祭。当日までの七日間は聖週間と呼ばれ、その初日に当たる枝の主日は、イエスがロバにまたがり、エルサレムに入城した時とされている。聖週間にはキリスト教圏の各地でキリストの受難・死・復活を再現した宗教行列が行なわれるが、セビリアの祭りは世界的に有名である。

っていたのだろうな。

イツェルの婚約者が乗り込んでくるという情報は、瞬く間にインディアス古文書館内に広まった。悪いニュースだけによくありがちなことだ。誰もがみな、男が復讐しに来ると信じて疑わなかった。研究者たちは僕を見ては目配せし合い、守衛たちも悲しげな顔をしては首を横に振ってみせる。文書係たちも陰でこそこそと噂し合っていた。せめて奨学生仲間のひとりでいいから、嫉妬に駆られた数学者の誤解を解いてくれないかと期待した。恋人を寝取るのと、その娘をセビリアの美しき庭園のごとく愛《め》でるのとでは、まったく意味が違う。古文書館で歴史に見放された僕は、文学に救いを求めてラ・カルボネリアへと走った。

「俺がハエンにかくまってやるぜ、大将。どっちみち殺《や》られるにしても、時間稼ぎにはなる」

「俺があんたなら、長衣ととんがり頭巾姿で聖週間の行列に紛れ込むけどな。何を言わんとしてるか、わかるか？」

セビリア市内では熱い何かが煮え立っていた。街中の至る所で大ロウソクが目に留まり、辺り一面に香の煙が立ち込めている。街全体が異様なほどの興奮に包まれ、通りという通りに柵が設けられた。まるで神が、僕の退路をひとつ残らず断って、封じ込めているかのようだ。イツェルは婚約者の到着に備えて美容サロンにこもり、僕は僕でギリシア神話の火山の神へパイストスに思いを馳せていた。へパイストスは妻である愛と美の女神アフロディーテに対し、つねに寛大な態度を崩さなかった。浮気癖の強い彼女が誘惑の力を有する腰帯を使って、どんなに男たちと関係を持とうとも、軍神アレスとの情交の現場を目の当たりにした時でさえも、ヘパイストスが怒りをあらわにすることはなかった。できることならイツェルもアフロディーテの繊細さで、火山のごとき婚約者の何乗にもなった怒りをなだめてほしい。しかし運命の悪戯《いたずら》か、僕に用意されたのは栄光のギリシア神話などではなく、報復のメキシコのランチェーラだけだった。

深夜二時、銃声が四発鳴り響く。
おまえの腕の中にいるあいつを、
俺は殺しに向かった。
やつがそこにいることは、わかっていた。

人生最後の週末になると予感した僕は、両親、きょうだい、ナティおばさんに、思いを込めて手紙をしたためた。ナティおばさんには、真の恐怖映画が『エクソシスト』ではなく、メキシコの歌手ホルヘ・ネグレテが主演しランチェーラを歌う映画だなどとは理解できないだろう。それはともかく、なぜこれまで僕が女の子たちに振られ続けたのか、長い長い紆余曲折の末に、ようやく悟った。それは僕がいつも、自分らしくないもの、あるいは自分がなり得ないものになろうとしたからだ。勇敢な男、スポーツマン、革命家、振付師、敬虔な信者、ローラースケーター、プロムのパートナー、ユダヤのセファルディ、上流階級の一員、そして最後はメキシコ人だ。もしもこれまで、僕が本当の自分をさらけ出していたら、彼女たちは僕を好きになってくれただろうか？　もはやそれを確かめる余裕はない。なぜなら救い主がエルサレムに入城したとされるその日、すなわち今日、僕の殺し屋はセビリアに到着するのだから。

インディアス古文書館で死ぬのだけは、僕のプライドが許さない。自分の死を喧伝されるぐらいなら、人知れず死んでいきたい。アパートで騒動になるのも本意ではなかった。ルームメイトや大家さんにまで迷惑はかけたくないし、メキシコ、ペルー、スペイン、レバノン、アメリカ合衆国間で国際問題に発展するのは、何としてでも避けたい。そこで僕は、人生最後の瞬間をラ・カルボネリアで迎えると決めた。少なくともあそこなら、真の友人たちに囲まれて死ねる。
「大将、そりゃないよ。俺は痴情のもつれとは無関係だぞ」
「ここへおびき寄せるのだけはやめとくれ。そいつがピストルを持って乗り込んできたら、三人仲よくあの世行きだぜ」

ムリーリョ公園、マテオス・ガゴ通り、サンタクルス地区を練り歩く宗教行列の熱い波。その只中《ただなか》でラ・カルボネリアは、不信心者の集う陸の孤島と化していた。イツェルの婚約者がここまでたどり着くには、興奮に沸き立つ群衆の波を渡らねばならない。きっと今頃、古文書館の心ない連中が、僕の居場所を教えていることだろう。あの不届き者なら、ラ・カルボネリア辺りで、ハエン男とラス・トレスミルの住人のマリアッチ・コンビとつるみ、女漁りをしているはずだと。

　レボージョとバルベランにとって、聖週間は春の書き入れ時でもある。というのも特に土日、宗教行列のきらびやかな山車《だし》や、イエスが磔刑場へと向かう〝十字架の道行き〟の再現を見ようと、セビリア市内はどこもかしこも観光客だらけなのだが、宗教行列はいずこも同じだと洩らし、がっかりしてラ・カルボネリアに立ち寄る女性たちも多い。厳かな宗教行事の最中に、ガールハントに励むレボージョとバルベラン。彼らはその行動によって俗人そのものを体現していたと言える。そういう僕も、宗教行列などどうでもよかった。自分の受難だけで頭がいっぱいだった。

「大将が殺《や》られたら、俺が大見出しで報じるよ。〝日系ペルー人男性、セビリアでメキシコ人に殺害される〟。そのスクープでジャーナリズム賞獲得は間違いなしだ」

「野郎の写真があったら貸してくれ。場合によっちゃあ、雑踏の中で〝イエティ〟に始末してもらうからさ」

　僕もレボージョやバルベランのような男に生まれたかった。そうすれば気楽に女の子とつき合い、トレナ・アカデミーの男性講師以上に恋多き人生を歩めたかもしれない。しかしリマのような場所で、彼らのように自分が地方出身者やフラメンコ歌手であることを売りにする男が、女の子にもてるケースはほとんどない。残念ながら山ほどの真実よりも、美しい嘘の方が歓迎される社会だからだ。おそらくメキシコでも事情は同じなのだろう。何しろ偽りの愛を真に受けた男が、僕を殺そうというのだから。

「おいラファ、今宵限りの命の大将に、クーバリブレを持ってきてやってくれよ」

「俺にはよく冷えた赤ワインを頼む。ここはゴミ焼き場よりも暑くてかなわん」

ラファと呼ばれた店員は詩人だとのことで、興味津々に、僕も詩を書くのか、セサル・バジェホは読んだことがあるか、この道楽者二人組と何をしているのかと訊いてきた。事の次第を話したところ、ラファは涙ぐみ、即興の詩を二篇ほど口ずさんで、迫りくる死の脅威は詩作に思わぬインスピレーションを与えてくれると言った。「死と背中合わせで生きているのは、こっちも同じだよ。愛人たちがみんな軍人の奥方でさ」相手との直接対決、それも血の惨劇を避けたいという点では、彼も僕も同じ境遇にあったと言える。そんなことを考えていると突然、テキーラで勢いづいた怒号が店内に轟《とどろ》いた。「おい！　オレの女に手を出した、ふてえペルー人野郎はどいつだ？」

僕はイツエルへの愛のためにも、現実を受け入れるしかなかった。婚約者は数学者というよりも、ボディビルダーのようだった。レボージョ、バルベラン、クーバリブレを差し出してくれた哀しき詩人は、僕の死刑執行人のあまりの逞しさに、恐怖で凍りついている。僕のせいで彼らまで血祭りにされても困るので、潔く名乗り出た。

「ぼ、ぼ、僕ですが」

「てめえか、ろくでなし。金玉がついてんなら、表で決着をつけようぜ」

「不謹慎な野郎だな。聖週間中だぞ、少しは慎め！」

「やめとけ、ラファ。怒れる神には手を出すな」

店先のレビエス通りは、見るからにノラ猫や酔っ払いの小便で汚れているので、ラス・メルセダリアス修道院前の広場まで足を延ばすことにした。僕は死を迎える殉教者のように、諦観にも似た思いとともに歩を進める。おそらくはどこかの女子修道院で、カミーユが僕のために祈ってくれているだろうか、などと考える。街灯の青白い光のもとで、憔悴しきったオレンジの木々だけが僕に訴えかけてくる。せめて市役所が街路樹の世話をしてくれればいいのにと、胸が痛んだ。

「どこまで行く気だ、小僧？　いったい誰に迷惑をかけたか、思い知らせてやるからな」

人は死を目前にした時、瑣末なことを意識してしまうらしい。部屋に置いたままのゴミ袋や子どもの頃に嗅いだ果物の香り、どこかのチンピラが塀に殴り書きした〝今度はおまえの番だ〟という落書きなど。僕はもはや書くこともない自作の小説に思いを馳せながら、ボルヘスの短篇「隠れた奇跡」を思い起こしていた。銃殺刑を前にしたユダヤ人男性が、死ぬ前に一年間の猶予を神に請う。処刑当日、彼に向けて放たれた銃弾が雨の中で停止している間に、彼ヤロミール・フラディークは未完だった劇を書き上げ、最後にひとつの形容詞を見つけたところで死に至る。確かそんな話だった。それはそうと、そこの角にある空き家は昔、シナゴーグだったのではないか？　〝キャンプ〟はヘブライ語で何て言うんだった？　ああ、ベッキー、ベッキー、どうしても思い出せない。

「聞こえねえのかよ、この意気地なし！　女に飢えたさもしい輩《やから》め。神を愛する行為の意味を、今ここでわからせてやる」

そう告げた殺し屋は、リボルバーが入っていると思《おぼ》しき背広の内側に右手を滑り込ませる。取り出しにくいのか、もどかしげに左胸の辺りを探っている。おそらくはニノチカの高級靴と同じ、イタリア製の本革ホルスターを装着しているのだろう。ようやく手を抜き出した。男の手に握られたものが、薄暗くなった広場にメタリックな金色の輝きを投げかける。その瞬間、映画『007 黄金銃を持つ男』のことが脳裏をよぎった。主演がショーン・コネリーだったか、ロジャー・ムーアだったかはよく覚えていない。どうでもいいことだが気になってしまい、それを確かめるまでは死にたくないが、万事休すだ。すでに男は狙いを定めている。相手は数学者だという話だが、授業中にもあんな手つきでチョークを握るのだろうか？

「小物の分際でオレの女に手を出したのが運の尽きだ。その思い上がった面の皮をずたずたにしてやるぜ。まさかオレがてめえの命と引き換えに、ムショ暮らしに甘んじると思っているんじゃねえだろうな？　そもそもてめえとは格が違うんだよ、格が。この身の程知らずめ！」

そう言って男が突きつけたのはリボルバーなどではなく、アメリカン・エキスプレスのゴールド・カードだった（しかもメキシコ・シティ有数の高級住宅街、ロマス・デ・チャプルテペックにあるチエース・マンハッタン銀行が発行したものだ）。呆気にとられる僕の前で、男は恭しい仕草でカードを背広の内ポケットにしまうと、踵《きびす》を返して立ち去っていった。〝去りゆく列車〟に乗り込んで、イツェルとともに永遠に消えたのだ。

何もかもが慌ただしく、しかも予期せぬ展開に終わったため、僕はひとりになった途端、めまいがしてきた。まるで腹の中で暴れ回っていたハエの群れが、一挙に口まで上昇してくる気分だ。それまで重くのしかかっていたものが取り払われたせいか、急に両脚が軽くなる。重力の法則なのか、数学の法則なのかわからないが、体がくずおれた。意識が朦朧とする中、僕は窮地を脱した自分自身を称えるべく、メキシコ版シギリーヤとでも言うべきランチェーラを一曲口ずさんだ。

弾丸がおれを貫き、
おまえは命拾いする。
まだおまえの番じゃなかったか、
夜の運に恵まれただけだろう。

「大丈夫？　どうしたの？　まさか強盗？」薄目を開けて声の主を見やる。白く曇った視界に、僕を気遣う美しき娘の姿が映った。また振られるのはご免だ。そう思った僕は、彼女にこれまでのことを洗いざらい語った。イツエルとその婚約者、フラメンコ風のマリアッチ、映画『エクソシスト』、トレナ・アカデミー、ナティおばさん、ポトツカ伯爵夫人……何もかもだ。怯《おび》えた相手が逃げ出していく。その後ろ姿を目で追いながら、内心つぶやいた。〝初めて勇気を出して本当のことを言ったのに、ここで逃してどうする？〟そうして再び恋する覚悟を決め、彼女を追いかけた僕は、またもやラ・カルボネリアにたどり着いたのだった。

二〇〇〇年夏　〝ラ・ベレーダ〟にて

エピローグ

得票数がものを言う政治の世界、あるいは収益が目安となるビジネスの世界と違って、恋愛には成功の基準となるものが存在しない。政治家がトップ当選をすれば、支持者たちは彼に拍手を送るし、企業家が他社よりも利益を上げれば、出資者たちは彼を評価する。しかしながら恋愛には、支持者も出資者もいなければ、顧客らしきものもいない。それだけに、われこそは恋愛の成功者だと吹聴する輩《やから》に対しては、恋愛には大成功も大勝利もないのだとわからせる必要がある。その一方で、恋愛には失敗がつきものであることは言うまでもない。

僕はこの『悪しき愛の書』で、自分の失恋談の中でも、より奇抜なものを十話選んで紹介した。ほかにもいろいろあるのだが、ひけらかしても仕方がない。だが、よき愛の成功例がない分、愉快な失敗談には事欠かない。逆に言えば、悪しき愛は極上のユーモアをもたらしてくれる。悪しき愛とは、必ずしも不幸や逆境、悲劇によって絶たれた愛ではない。挫折した愛を語る時、人は深刻にならざるを得ず、当然そこに笑いは存在しない。ひるがえって僕の小説が笑いを誘うとすれば、報われぬ恋を描いたからではなく、むしろ的外れな恋物語を描いたからだ。

あらかじめ文献学者の先生方に忠告しておきたい。重厚な文学作品は行間を読むには格好の素材なだけに、あれこれ解釈したくなる気持ちはわかる。綴《つづ》られた文章の下に別の文章が層をなしている、音韻を重視している、予弁法を駆使した文体だ、脱構築的批判の精神に満ちている……。だが、僕の小説にはそのような意図はまったくないので、分析しても無駄だ。僕は初めて文学に触れて以来、一貫して自由で制約のない文章、ホモ・テクスチュアル、バイ・テクスチュアル、ヘテロ・テクスチュアルな文学を目指してきた。僕としては書くという行為の目的は、技巧を見せつけることではなく、考えを表明することにあると捉えている。

私がどれだけの女性と出会い、仕えてきたか、神はそれらをご存じだ。
私はいつでも彼女たちに好意を抱き、尽くしてきた。
尽くせない場合でも、ないがしろにしたことはない。
貞淑な女性には、文章で応じてきた。

『よき愛の書』107節

解説

リカルド・ゴンサレス・ビヒル

1　はじめに

フェルナンド・イワサキは、過去二十年間で最も世界的に認知されたペルー人作家のひとりである。彼の文学的価値については、本国ペルーはもとより、スペインをはじめとするスペイン語圏の国々で、多くの文学者・評論家が称賛している。[▼38] ペルーの大文豪マリオ・バルガス・リョサはイワサキ作品を「芸術家やフィクション作家の目で歴史を探求している」、「人間にありがちな気の迷いや逸脱を、寛容と理解の目で緻密に綴《つづ》っている」と絶賛した。傑出したキューバ人作家ギジェルモ・カブレラ・インファンテは、イワサキの巧みな筆致を称え、「彼の短篇集『*Un milagro informal*（非公式の奇跡）』は紛れもなく〝公式の奇跡〟だ」と述べているし、他の並みいる現代スペイン文学評論家たちも同様のコメントをしている。「フェルナンド・イワサキはごく自然な文章を用いながらも、それが純粋な奇跡と化している」（ファン・マヌエル・デ・プラダ）。「イワサキの文体は二十世紀末におけるスペイン語散文の真の姿と言える」（ルイス・アルベルト・デ・クエンカ）。

サラマンカ大学のフランシスカ・ノゲロル・ヒメネスは、イワサキ作品の主だった特徴を次のように挙げている。

・洗練されたユーモアのセンス。
・溢れんばかりの想像力。
・生命の躍動感と官能性。
・史実で見落とされがちな意外な事実を巧みに捉える。
・各段落に盛り込まれた言葉遊びと、それを生み出す基となる幅広い教養。それは学術的な知識（神話、文学・芸術、歴史など）だけに止《とど》まらず、大衆文化（マスメディア、映画、テレビ、流行歌やダンス、土着の風習や迷信、都会の風潮など）まで網羅している。

▼38　フェルナンド・イワサキの公式ウェブサイトには、二〇一〇年にパリで撮影された集合写真が掲載されている。そこには、アウロラ・ベルナルデス（フリオ・コルタサル夫人）を囲んで、ホルヘ・エドワーズ、シルビア・レムス（フエンテス夫人）、マリオ・バルガス・リョサ、カルロス・フエンテス、パトリシア・バルガス・リョサと微笑《ほほえ》むイワサキの姿がある。http://www.fernandoiwasaki.com/galeria.php

・話し言葉、お国言葉（ペルー、スペイン、その他）の使用。

一方ホセ・ルイス・デ・ラ・フエンテは、〝永劫回帰〟に支配される歴史、アポロン的なもの（理性）とディオニュソス的なもの（非理性）の対比にはボルヘスとニーチェの影響が、また神話的思想にはエリアーデの影響がそれぞれ色濃く感じられると強調しながらも、イワサキのある種不敬とも言える異端的な視点は、ポストモダニズム時代の新たな文学の表れだと主張する（『ラテンアメリカの新たな文学――リアリティと文体の挟間で』バリャドリッド大学、二〇〇五年）。

ほかにも興味深い指摘がある。アデライデ・デ・シャトュはイワサキ作品を「歴史的事実あるいは自叙伝にフィクションやエッセイの要素を組み入れる形で、本来ならば別々に分類されるカテゴリーを融合した文体を披露している。『悪しき愛の書』の場合、小説でありながらも各章が独立した短篇としても読める点は、まさにノン・ジャンルと呼ぶにふさわしいスタイルだ」と評する（国際討論会報告書『文学と批評の境界』ポワチエ、二〇〇四年）。シャトュによると、文学ジャンルの境界を自由に越えるイワサキの姿勢は、彼の中での〝文化の混交〟の結果である。日本人とイタリア人の祖先を持つイワサキは、多様な文化を有するペルーで育った。実際ペルーには、先住民族の文化とスペイン人がもたらした西洋文化に加えて、アフリカ系の奴隷や、アジア系の移民がもたらした文化も混在する。彼にはそんなペルー人のアイデンティティが備わっている。その上現在彼が暮らす国、妻と二人の子どもの生まれ故郷スペインに目を向けると、ケルト文化、カルタゴ文化、ローマ文化、イスラム文化が交錯している点から、こちらも負けず劣らず多様な文化圏になっている。ペルーとスペインの二重国籍を持つイワサキにとっては、両親の国だけでなく子どもたちの国も祖国である。それだけにふたつの祖国からの影響は否定できない。『悪しき愛の書』には、それらの特徴が存分に発揮されている。すでに複数の言語に翻訳されているが、ペルーでの出版は今回が初めてだ。そこでこの機会に、作品の徹底解読をしてみたい。

2 フェルナンド・イワサキの生い立ちと作家活動

2-1 ペルー

フェルナンド・イワサキ・カウティは一九六一年六月五日、ペルー軍大佐のゴンサロ・イワサキ・サンチェスとリラ・ロサ・カウティ・フランコの息子としてリマ市に生まれた。七人きょうだいの二番めである。父方の祖父は一九二〇年代に日本から移住している。母方の曾祖父はイタリアからの移民である。母方の名字が〝慎重な〟を意味することについては、本書の第八章「レベカ」でも触れられている。恋心に駆られると何もかもかなぐり捨ててしまう、むしろある面では慎重さとは無縁の主人公フェルナンドを暗に皮肉っていた。ちなみに、物語にたびたび登場する（特に第一章「カルメン」）主人公の名づけ親〝ナティおばさん〟は、イワサキの名づけ親であるナティビダー・ハエン・デ・ロサス、愛称〝ナティおばさん〟をモデルにしている。

彼は幼少時代をマルセリノ・シャンパグナ校で学んで過ごした。マリスト会士たちが運営する学校だが、修道士のほとんどはスペイン人だったという。その頃の思い出については『*El descubrimiento de España*（スペイン発見）』（一九九六年）で綴っている。ペルー・カトリカ大学では歴史学を専攻（一九七八 - 一九八三年）。卒業論文「Simbolismos religiosos en la metalurgia prehispánica（植民以前の冶金《やきん》における宗教的シンボリズム）」で学士号を取得し、卒業後は、同大学の教員としてペルー史を担当した（一九八三 - 一九八四年）。

一九八五年、スペイン政府の奨学金給費生としてスペインに派遣され、セビリア大学で教鞭を執りながらインディアス総合古文書館（セビリア）で研究に打ち込む。

同年、セビリアでスペイン人女性マリア・デ・ロス・アンヘレス・コルデーロ・モゲル、愛称〝マルレ〟と出会い、恋をする（本書をはじめ、多くの作品が彼女に捧げられている）。翌一九八六年、奨学生の任期満了とともにペルーへ帰国し、リマで彼女と結婚する。ふたりの間には、マリア・フェルナンダ（一九八八年リマ生まれ）、パウラ（一九九〇年セビリア生まれ）、アンドレス（一九九五年セビリア生まれ）の三人の子どもがいる。

帰国後、カトリカ大学の歴史学教師に戻り（一九八六 - 一九八九年）、パシフィコ大学でも教鞭を執る（一九八七 - 一九八九年）。それと並行する形でカトリカ大学大学院の修士課程を修了する（一九八七 - 一九八八年）。その時の修士論文「Extremo Oriente y el Perú en el siglo XVI（十六世紀の極東とペルー）」は、四年後の一九九二年に公刊されている。同じ時期に専門誌への寄稿もし、エッセイ二冊『*Nación peruana: Entelequia o Utopía*（ペルーという国——エンテレキーかユートピアか)』(リマ、経済研究地域センター刊、一九八八年)、『*El comercio ambulatorio en Lima*(リマにおける路上販売の実情)』(共著。リマ、自由民主主義研究所刊、一九八九年)を出版。イワサキのペルー史に関する豊富な知識と、イスパニスモ(スペイン伝統至上主義)・インディヘニスモ(先住民擁護主義)を熟知した上でなされる彼の批判的な見方、とりわけ〝ペルーの国民性〟をえぐり出し、のちに国を腐敗させる結果となった左翼思想を痛烈に批判した著作が審査委員の目に留まったことで、一九八七年、アルベルト・ウジョア・エッセイ賞を受賞した。イワサキは政治的にはバルガス・リョサの新自由主義に与している。そのため一九九〇年、アラン・ガルシア政権の銀行国有化に反対するバルガス・リョサが大統領選に出馬した際にも、彼を支持していた。

イワサキを語る上でそれらの活動を軽視できないとはいえ、彼は当初から作家志望の男だった。何を隠そう私がその証人だ。一九八二年にカトリカ大学の学生だった彼は、私の担当する「イスパノアメリカ小説論」の講義を受けていた。また、私は以前コペー賞(石油会社ペトロペルー主催、ペルーで最も栄えある短篇小説賞)の審査員を務めていたが、イワサキは同賞に応募して、一九八三年には最終選考まで残り、一九八五年には第三位で入選を果たしている。さらに一九八五年、一九八六年と二年連続で「千文字の短篇」賞(『カレタス』誌主催)を、同じく八六年にはペルー日系人協会主催のホセ・マリア・アルゲダス賞を受賞。一九八七年には、最初の短篇集『*Tres noches de corbata*(ネクタイの三夜物語)』(リマ、アベ刊)を出版している。碑文や古文書を引用し、神話や一時代の集団幻想を再構築するなど、歴史家としての研究成果をうまく小説に取り入れた作品だ。一九八八年には三度めの挑戦で、みごとコペー賞の第一位に輝いた。受賞作「El derby de los penúltimos（ブービー者たちのダービーレース）」は、ペルーにおける短篇の最高傑作のひとつと称されている（拙編著『*El cuento peruano*〔ペルーの短篇〕』に所収）。

八〇年代当時イワサキが私に、作家や文学作品について熱く語ってくれたことを思い出す。ボルヘス、フリオ・コルタサル、フリオ・ラモン・リベイロの短篇や、バルガス・リョサ、ガルシア・マルケスの小説については、とりわけ熱がこもっていた。ある時彼は、自分の感性と物の見方に影響を与えた四傑を明かしてくれた。アルゼンチンの大文豪ボルヘスと、ペルーの歴史家ホルヘ・バサドレ（十九世紀から二十世紀にかけてのペルー史研究の第一人者）、ルーマニア出身の宗教史家・民俗学者エリアーデ、イギリスのロックバンド、ビートルズ。つまり、芸術的フィクション、宗教的イマジネーション、歴史的リアリティということだ。イワサキにはボルヘス流の洗練された古典の知識、バサドレやエリアーデのような歴史解釈ができるだけの素養、さらにそこに一時代の象徴となったビートルズの進取の気性が備わっている。学術的な分野ばかりでなく、大衆的な領域でも、官能や躍動に満ちたもの、流行と調和したものを追究する辺りが、その表れと言えよう。

2-2スペイン

一九八九年、イワサキはセビリア移住を決めた。セビリア大学大学院の博士課程でアメリカ史研究を続け（一九八九‐一九九一年）、博士論文のテーマには「Lo maravilloso y lo imaginario en la Lima colonial（植民地リマにおける不可思議なものと架空のもの）」を選んでいる。卒業後、再びセビリア大学で教鞭を執り（一九九一‐一九九二年）、セビリアのサン・テルモ財団文化部主任にも就任する。一九九六年からは文芸誌『レナシミエント』の編集長を務める傍ら、クリスティーナ・ヘエレン財団フラメンコ芸術学校の校長も務める。これまでにスペインの『ディアリオ・デ・セビリア』紙、『ラ・ラソン』紙、『エル・パイス』紙、『ディアリオ16』紙、『ABC』紙、メキシコの『ミレニオ』紙、チリの『メルクリオ』紙など、スペイン語圏の有力紙に寄稿している。

八〇年代から創造性に富んだ文学作品を発表していたイワサキは、九〇年代にはすでに円熟の域に達し、小説以外でも頭角を現している。一九九二年にはバルガス・リョサの大統領選とその敗北を分析した『*Mario Vargas Llosa, entre la libertad y el infierno*（マリオ・バルガス・リョサ、自由と地獄の狭間で）』と、前述の論文『十六世紀の極東とペルー』（マドリード、マフレ財団刊）を出版。加えて編集責任者として『*Jornadas contadas a Montilla*（モンティーリャを語る）』（コルドバ、カハスール財団刊）を刊行している。これは十六世紀にスペイン・コルドバ県モンティーリャ市に移住したペルー出身のメスティソ（先住民と白人の混血）で歴史家・文筆家のインカ・ガルシラソ・デ・ラ・ベガ（一五三九‐一六一六）をテーマにしたものである。

また、一九九四年には彼が編纂したサッカー年代記『*El sentimiento trágico de la Liga*（リーグの悲劇的感情）』がマドリード・プロサッカー協会から表彰され（翌九五年、セビリア、レナシミエントから刊行）、一九九六年にはニューヨークのラテンアメリカ史学会から賞を授与されている。

さらに一九九六年には、エッセイ『スペイン発見』（オビエド、ノベル刊）が高い評価を得た。これにはギジェルモ・カブレラ・インファンテが序文を寄せ、文学の究極の目的、すなわち既成の枠に縛られない表現を達成した稀に見る作品であると、大絶賛している。「本書の性質を述べるとすれば、否定形にしなければならない。この本は小説ではない。文学の研究書でもない。回想録でもなければ、短篇集でもエッセイ集でもなく、かといって大長篇でもない。これは文学そのものだ。本書の特徴のひとつで、最良のものを挙げるとすれば、著者が示した高い教養と、そこからもたらされる喜びとが、分かちがたく結びついているところにある。（中略）あまりに知的な作品であるがゆえに比類なき素晴らしさを誇っている。このような本にはなかなかお目にかかれない」ほかにも、テレビについて論じた『*La caja de pan duro*（硬くなったパン《パンドゥーロ》の箱）』（セビリア、シグナトゥーラ刊、二〇〇〇年）、多様な文化で形成されたみずからのアイデンティティを、ユーモア交じりに綴った愉快なエッセイ『*Mi poncho es un kimono flamenco*（僕のポンチョはフラメンコ風の着物）』（リマ、サリータ・カルトネラ刊、二〇〇五年）も秀逸だ。

短篇小説では、二作目の作品集『*A Troya, Helena*（ヘレネー、トロイアへ）』（ビルバオ、ロス・リブロス・デ・エルメス刊、一九九三年）で文才を見せつけた。歴史や神話をもとにしながらも、全篇にわたって官能性とユーモアに溢れ、彼特有のウィットと〝人間の喜劇〟に対する批判的

(であると同時に寛容な) 見方が際立っている。その色がより顕著に現れたのが、三作目になるはずだった官能短篇集『*Fricciones*〔摩擦集〕』だ。これは彼が三十歳を迎えた直後（一九九一年）の作品で、元々はアンソロジー用に依頼されたものだ。だが、イワサキは単なる三文文士ではなく、どのジャンルであっても真剣に向き合う作家なだけに、結果として彼の個性と想像力が発揮される名作となった。イワサキ自身の言葉を引用してみよう。

……ある出版社から官能小説集に収録する作品を依頼された。でき上がった原稿を見せたところ、これは官能小説と言うよりはユーモア小説だと告げられた。その時の思いを表現するならば、上司である自分が、秘書の家族から頼まれ、本人に内緒のサプライズパーティーを準備する。しかもその後、彼女のアパートでひとり、誕生日ケーキを前に素っ裸で彼女を待ちながら、実ははめられていたのは自分の方ではないのかと疑い始める。そんな男のような複雑な心境だった。

ところが、イワサキが原稿を提出したにもかかわらず、出版社はそれを放置し、結局『摩擦集』がオリジナルの形で日の目を見ることはなかった。その後、『摩擦集』の一部は一九九四年に短篇集『*Inquisiciones peruanas*〔ペルーの異端審問〕』に収録され、中篇小説『*Mírame cuando te ame*〔愛し合う時には私を見つめて〕』だけが二〇〇五年にペルーで出版された〔リマ、ペイサ刊〕。

『摩擦集』の残りの短篇八作品は、のちに「愛し合う時は私を見つめて」と併せて『*Helarte de amar*（愛ゆえにあなたは凍る）』（マドリード、パピナス・デ・エスプマ刊、二〇〇六年）として出版された。イワサキによると「これは官能短篇集ではなく、性愛ナンセンスの寄せ集め。SF（サイエンス・フィクション＝空想科学小説）ならぬSF（サイエンス・フリクション＝肌と肌の摩擦による空想小説）である」また彼はこうも言っている。

僕は当時、それらを官能的な短篇だと思っていた。（中略）若い頃には「官能」と「性愛」を混同しがちだ。「官能」は基本的に、目には見えない幻想、欲望、想像力といったものがあれば事足りるが、「性愛」は最低限の小道具、つまり相手と場所を必要とする。

一方『ペルーの異端審問』は、歴史家として植民地時代の記録文書を研究してきたイワサキが、官能・性愛という観点で文献を探し求めた成果である。愚直なまでに純真な人々の精神を堕落させる悪魔。その悪魔を隠れ蓑にした商売やペテン、誘惑絡みの駆け引きが、短篇形式で描かれている（初版はセビリア、パディージャ・リブロス刊、一九九四年。第二版である一九九六年のリマ、ペイサ刊以降には、マリオ・バルガス・リョサのプロローグがついている。第三版はセビリア、レナシミエント刊、一九九七年。第四版はマドリード、パピナス・デ・エスプマ刊、二〇〇七年）。

次いで、初期に発表された短篇集二作（『ネクタイの三夜物語』と『ヘレネー、トロイアへ』）に、未発表作品二作を加えて出版された『非公式の奇跡』（マドリード、アルファグアラ刊、二〇〇三年）によってイワサキの知名度はさらに高まる。同書には一九八八年にコペー賞を受賞した「ブービー者たちのダービーレース」も収録されている。この作品でイワサキは、不遇のうちにこの世を去ったペルー人作家フェリクス・デル・バジェ（一八九二－一九五〇）を取り上げている。フェリクス・デル・バジェについては、彼を臆病者だとみなす悪評ばかりが目立つ。それに対しイワサキは、「フェリクス・デル・バジェは勇気ある行動を取った。実際にそれを目撃していたボルヘスは、そこから着想を得て短篇『南部《エル・スール》』を書いた」と反論する。イワサキはエッセイ集『スペイン発見』の中でも、フェリクス・デル・バジェの復権について言及している。

イワサキは読者を引きつける研ぎ澄まされた言葉と持ち前の筆力を駆使し、ショートショートの分野に新境地を開いた。その名も『*Ajuar funerario*（葬式道具）』（マドリード、パヒナス・デ・エスプマ刊、二〇〇四年）。一話が一ページないし半ページほどで完結する、不気味さとブラック・ユーモア満載のホラー短篇集だ。『悪しき愛の書』第一章や『ネクタイの三夜物語』でも語られているが、彼は子どもの頃からかなりの怪談好きだった。

のちほど詳しく述べるが、本書『悪しき愛の書』（バルセロナ、RBAリブロスSA刊、二〇〇一年）は、各章が独立したエピソードという短篇仕立てだが、イワサキ自身は長篇小説のデビュー作と捉えている。性愛ではなく官能性に重点を置いた、センチメンタルな恋愛小説である。続いて十六～十七世紀の虫歯と治療（その多くは抜歯だった）をコミカルに描いた長篇『*Neguijón*（虫歯の虫、ネギホン)』(マドリード、アルファグアラ刊、二〇〇五年)を発表している。〝ネギホン〟とは歯茎や歯に巣くう架空の〝虫歯の虫〟のことだ。中世のスペインとアメリカ大陸を舞台に繰り広げられる物語には、『ドン・キホーテ』を構想中のミゲル・デ・セルバンテスと思《おぼ》しき人物も登場する。『ドン・キホーテ』第一部出版から四百年という記念すべき年に『虫歯の虫、ネギホン』を出版することで、イワサキとしてはセルバンテスに敬意を表したのだろう。語り口の巧みさ、フランシスコ・デ・ケベードの『夢と思索』を彷彿させるグロテスクなまでのユーモアを武器に、キリスト教徒の悔い改め、痛みの受容といった文化的背景を如実に描写している。ペルー副王領の研究を続ける、彼らしい作品だと言えよう。ネギホンに蝕まれた患者の口内で展開する、流血の惨劇もみごとに表現している。

3　『悪しき愛の書』の背景と構成

3-1　八〇年世代とポスト・ブーム

フェルナンド・イワサキは、ペルー文学界では八〇年世代と呼ばれるグループに属する。その時代がどんなものだったのかと問われれば、不安定極まりない民主主義、左翼ゲリラによるテロ活動の激化、軍と警察による反体制派の弾圧、汚職、ハイパーインフレ、麻薬密売がはびこり、政治・経済・モラルいずれの面でも崩壊の危機に瀕していた時期と言える。

ここで八〇年代、ペルーの若者たちの目に映った世相を振り返ってみよう。七〇年代のファン・ベラスコ・アルバラード将軍率いる軍事政権の改革主義が失敗に終わった。続いて登場したベラウンデ・テリー政権が、資本主義システムへの完全移行を果たす。その後のアラン・ガルシア政権は、〝民族主義〟、〝国家主義〟を装い、〝反帝国主義〟、〝第三世界主義〟を掲げたものの、国を大混乱に陥らせるだけで、人々の政府への信頼は失墜した。そこへ八〇年代末のベルリンの壁崩壊、ソビエト連邦解体など〝共産世界〟の敗北が重なる。革命ユートピアの終焉だ。イデオロギーの面では、それまで資本主義の立場では〝進歩〟、社会主義の立場では〝革命〟の理想を掲げてきた近代主義が終わりを告げ、代わって出てきたポストモダニズム（脱近代主義）が、人々に懐疑主義や失望感を植えつけた。

八〇年世代に属する優れた短篇作家、ギジェルモ・ニーニョ・デ・グスマンは、自著『道の途上で——新世代のペルー人短篇作家たち』（一九八六年）で、同世代の作家たちを〝失望の世代〟と呼んでいる。とはいえ、これは八〇年代の重要な作家たちがあらゆる形の〝失望〟に直面しながらも、どこかに肯定的な視野を備えていたという意味で使っている。そこにはクロンウエル・ハラ、オスカル・コルチャド、イルデブランド・ペレス・ウアランカ、フリアン・ペレス、アルナルド・パナイフォ、ピラール・ドゥギ、ルイス・ニエト・デグレゴリ、ダンテ・カストロ・アラスコといった作家たちの名が挙げられる。また詩人としては六〇年世代に属するものの、のちの八〇年代に作家として脚光を浴びた、セサル・カルボ、ルイス・エンリケ・トルド、ロジャー・ルムリルなども挙げられる。

　そんな中でイワサキは、同時代の作家たちほどの失望感は示さずに、むしろ面白おかしく自問するように世の中を見ている。それは、時には愚かな行動に走ってしまう人間の性分をこよなく愛しているからではないだろうか。そのことは彼が、ペルーに〝近代化〟をもたらす新自由主義を支持する立場を取っていることと無関係ではない。少なくともイワサキは、ステレオタイプのイスパニスモ（スペイン伝統至上主義）にもインディヘニスモ（先住民擁護主義）にも陥ることなく、むしろ混交によって育まれた豊かなペルー文化を認めた上で、グローバル化には損失よりも恩恵の方が大きいと考えている。異文化の交流によって生まれた特異なペルー文化が、西洋文化に属している事実を直視しているゆえにだ。

　この件についてはイワサキが、キューバの作家アレホ・カルペンティエルが〝アメリカ大陸の驚異的現実〟と呼ぶものに、並々ならぬ関心を示していることからもうなずける。これはアメリカ大陸には、先住民文化に根づいた神話的・魔術的思想に加え、アフリカ人やスペイン人が持ち込んだ不可思議なものも、予想以上に多く溶け込んでいるということだ。但《ただ》しそれは、シーロ・アレグリア、ホセ・マリア・アルゲダス、エレオドロ・バルガス・ビクーニャ、フアン・ルルフオ、ミゲル・アンヘル・アストゥリアス、ガルシア・マルケスといった先人たちの流れの、ペルーにおける後継者と言われた作家たちに起こったような、〝征服された側の見方〟あるいは〝真のペルー〟に固執することとは明らかに違っている。

イワサキは歴史家としての研究を足がかりに、集団創造の文化の構築、あるいは〝驚異的現実〞に取り組んでいる。ボルヘスは精巧な形で、宗教や哲学の概念を自身の短篇、詩、エッセイに取り入れている。『続審問』の中で彼はそのことを「真実の追求のためではなく、むしろ美的な意義のため、言い換えれば、特異性や神秘を伴わせる意図でしている」と述べている。イワサキも同様に美的な尺度から、史実や神話を小説の素材に選んでいる。特に『ネクタイの三夜物語』と『虫歯の虫、ネギホン』には、その色がよく表れている。彼の姿勢は、同時代の作家であるルイス・エンリケ・トルドやクロンウェル・ハラとは対極にあるものだ。ルイス・エンリケ・トルドは、八〇年代に独自の小説スタイルを作り出した。のちにわれわれ批評家が〝捜査的手法〞と呼ぶことになった彼のやり方は、信憑性の高い文献、とりわけ学術報告書をもとにペルーの混交文化を解明し、問題の本質をつかみ取ろうとするものだ。トルドの短篇集『パチャカマクの黄金』（一九八五年）や『星座の鏡』（一九九一年）、長篇小説『太陽の中の太陽』（一九八八年）などはその代表格と言えよう。一方クロンウェル・ハラは歴史をもとにしながらも、より自由な方法でペルーの文化に流れる血、真髄を描き出すことで八〇年代を代表する作家となった。

イワサキはおそらく、八〇年世代の作家たちの中でも、最も〝ポスト・ブーム〞の色が濃い作家だ。〝ポスト・ブーム〞とは、六〇年代に最盛期を迎えたラテンアメリカ文学のブームのあとに登場し、七〇〜八〇年代に活躍した新しいタイプの作家たちを指す。一般に〝ブーム世代〞の作家は、自分を取り巻く現実を軸にした〝全体小説〞を通じて社会変革を促す者、文学の力を信じる者が多い。巧みな文体や技法を駆使した表現に加え、みずからの社会的・政治的立場を明確に表明するなど、〝倫理の証人〟としての役割を果たすのも特徴だ。〝ブーム〟の代表格は何と言ってもバルガス・リョサ。〝ポスト・ブーム〟の代表格はブライス・エチェニケだろう。とりわけブライス・エチェニケとイワサキには共通する部分が多い。たとえば両者ともユーモアのセンスが際立っている。もっともその性質を見ると、ブライス・エチェニケの方は批判的な色が濃いのに対し、イワサキの場合は寛容さに満ち、穏やかなまなざしが感じられる。また双方ともテーマが学術的なものであっても、大衆文化であっても、素材を料理することにかけては天才的である点も似ている。自伝的な恋愛小説である本書『悪しき愛の書』にも、当然その特徴がよく表れている。但しイワサキが提示する雑学的な知識や豊富な語彙、詩的なリフレーンなどは、ブライス・エチェニケのスタイルとはまったく別のものだ。それはイワサキが、ボルヘスやカブレラ・インファンテの著作を読み込み、濃密で磨き抜かれた散文体を学んできたからにほかならない。

3－2　イワサキが師と仰ぐ人々

イワサキ作品には頻繁にボルヘスの名が登場する。本書『悪しき愛の書』においても、冒頭のエピグラフをはじめ、文中でも多く引用されている。二十世紀を代表する大文豪ボルヘスは、彼にとって最も重要な文学の師だ。したがってイワサキには、次のような特徴がうかがえる。

①的確かつ表現力に富んだ語彙を駆使し、洗練された散文を構築する。
②明晰さと審美眼を備えた自分の窓から多様な文化を見つめ、巧みに小説のプロットを練り上げる。
③神話と英雄伝を選ぶ際にも、前述の美的な意義と神秘を盛り込むことで、読者の想像力をかき立てる〝美的価値〟と〝特異性と驚異を内包しているもの〟を重視する。
④完璧な文章で綴られる短篇や、さらに言葉をそぎ落としたショートショートを重視する。
⑤宗教・芸術に限らず、哲学・論理・科学に至るまでを〝フィクション〟と捉え、そこに文化的な暗号となる要素を見いだす。人間は何ごとも正確には把握していないこと、また人間が歴史的・文化的背景に制約された中での欲求なり想像に左右されている事実を踏まえてのことだ。

イワサキには、初期の短篇の頃からボルヘスに加え、同じアルゼンチンの作家フリオ・コルタサルの影響が強く出ていた。いずれも幻想文学という点で共通するが、コルタサルの場合、さらに遊びの要素が目立ってくる。イワサキの言葉遊びも絶妙な引用も、コルタサル譲りのものだ。また、コルタサルには、ボルヘスにはない官能性や揺れる内面の自己分析、夢想的・シュルレアリスム的な性質の人格の分離やカムフラージュ、歴史的および政治的要素も伴っている。もっとも、コルタサルはマルクス主義を支持しており、イワサキが同調するバルガス・リョサの新自由主義とは思想が異なる。さらに言うとすれば、精緻な短篇とショートショートに心血を注いだボルヘスとは反対に、コルタサルはジャンルを超えた前衛的な試みをしている。本書『悪しき愛の書』における双方の影響を挙げるとしたら、ボルヘスが短篇ではなく詩で表現した失恋と羞恥心を、イワサキはコルタサル流のナンセンスと滑稽さを組み合わせて小説で表現したということになろう。

イワサキは九〇年代に発表した作品（『ヘレネー、トロイアへ』、『スペイン発見』、『ペルーの異端審問』など）で、作家として高く評価されるようになった。イワサキがコルタサルの影響を受けたことは否定しないが、おそらく影響の度合いを見た場合、カブレラ・インファンテの方がはるかに大きい。これはカブレラ・インファンテが、イデオロギー的にはコルタサルよりもバルガス・リョサに近かったためだろう。文学的にはカブレラ・インファンテもボルヘスからの影響を受けているが、より官能的かつ情熱的な感性と遊び心を備えていることと、歴史や政治的な問題を平然と作品に織り込み批判するところなどは、まったく違っている。カブレラ・インファンテは短篇・長篇ばかりかエッセイや回想録であっても、作品全体を知性に富んだ言葉遊びの場にしてしまう。『メア・クーバ（わがキューバなり）』や『煙に巻かれて』を読めば、彼の文才のすごさは理解できよう。自伝的小説『亡き王子のためのハバナ』は、官能性と性愛に満ちた彼の幼少期の思い出を描写しているものだが、不敬と揶揄、ノスタルジーの色が強いという意味で、イワサキの『悪しき愛の書』とかなり近いものを感じる。

ボルヘス、コルタサル、カブレラ・インファンテという三人の師に加え、ペルー文学の礎《いしずえ》を築いたリカルド・パルマ、〝ポストモダン〟の旗手ブライス・エチェニケなど、傑出したペルー人作家からの影響も見落としてはならない。先人たちから学ぶことで、イワサキはユーモアの才能にさらに磨きをかけ、言葉を思いのままに操るようになった。的を射た皮肉、辛辣な風刺、グロテスクなまでの誇張、痛烈なパロディー……宗教、神話、政治、騎士道、成功哲学、恋愛術など、まじめなテーマをからかいながらも、イワサキの笑いには嫌味がない。それは人間の存在そのものに対する、彼流の喜びの表明だからだろう。

イワサキのユーモアには、チャップリン、バスター・キートン、マリオ・モレーノ・〝カンテインフラス〟といった、無声映画の時代から現代に連なる喜劇王たちの影響も多々うかがえる。彼らの役どころは決まって、自分には手が届きそうもない娘に恋をする冴えない男だ。中でも本書の主人公に近い人物を挙げるとすれば、自虐的なユーモアを得意とするウディ・アレンだろう。前出のフランシスカ・ノゲロル・ヒメネスは指摘する。「『悪しき愛の書』の主人公フェルナンドは、ウディ・アレンが映画『カメレオンマン』で演じた主人公ゼリグのようだ。どちらも女性たちを口説くために、相手の好みに合わせてわざわざ自分でないものに変わろうとする」

3－3　短篇から長篇へ

短篇を極めたイワサキは、『悪しき愛の書』で長篇デビューを果たした。とはいえ、短篇の集合体にも映るだけに、ノゲロル・ヒメネスなどの研究者は「『悪しき愛の書』は長篇という名の短篇集」だと言い切っている。これに対しイワサキは、「この作品は短篇仕立ての長篇なんだ」と陽気に切り返してはいたが（アンドレス・ネウマン著『ささやかな抵抗――スペインの新短篇選集』マドリード、パピナス・デ・エスプマ刊、二〇〇二年より）。

本書の性質については、ホセ・ルイス・デ・ラ・フエンテが的確に評している。「この作品は各章が一話完結のエピソード小説である。場面や状況はそれぞれで、他の章との直接的あるいは補完的な関係はない。そのため独立した短篇として読める。主人公が共通しているため、長篇小説としても、十分完成度の高いものになっている。また、前の章の登場人物（ナティおばさんや友人のロベルト）が後の章で再び登場したり、思い出として語られたりすることもある。特に第十章『イツェル』では二度ほど、主人公がみずからの失恋体験を他者に打ち明ける形で過去に触れている」

エピソード小説の原形と呼ぶべきピカレスク小説と、『悪しき愛の書』との類似点を探ってみよう。ピカレスク小説とは、十六世紀スペインに起こった小説の形式で、社会の下層に属する主人公が自分の遍歴や冒険を物語るのが特徴のひとつだ。一人称で語られるところや、話が少年時代から始まるところなどは『悪しき愛の書』にも共通している。また、ピカレスク小説の主人公は生き延びるためにさまざまな主人に仕えるが、『悪しき愛の書』の主人公も恋を成就させるためにさまざまな女性に尽くす。ユーモアに溢れる点も一致している。ピカレスク小説の元祖とされる『ラサリーリョ・デ・トルメスの生涯』で、主人公のラサリーリョは、波乱万丈の末に巡り会った主人に身の上話をする。『悪しき愛の書』でも主人公が、失恋遍歴の末に出会った女性にそれまでの経緯を語っている。余談だがその女性のモデルは、イワサキがセビリアで出会い、のちに結婚することになった彼の妻マルレだと考えられる。そのことは本書の献辞「本来ならば手の届かぬ存在だったはずなのに、届かせてくれたマルレに」からも察せられる。つまりマルレとの出会いによって、イワサキの失恋遍歴には終止符が打たれ、ついに彼にとってふさわしい愛、〝よき愛〟に巡り会えたということだ。▼39

閑話休題。「長篇は判定勝ちを目指すところがあるが、短篇の場合はノックアウトで勝たなければならない」とコルタサルは主張する。「短篇には長篇のようなムラは許されず、厳密なまでに完璧な文章が要求される」というのが、エドガー・アラン・ポーやオラシオ・キロガ、フリオ・ラモン・リベイロの流儀である。そのことをボルヘスやコルタサルからも学んだイワサキは、短篇から長篇へと移行する難しさを熟知した上で、次のように述べている。

▼39　二〇一六年にフェルナンド・イワサキとマルレ夫妻の結婚三十周年記念の会で上映された、約五分のスライドショーがYouTubeで公開されている。本書の読者には感慨深いものがあるだろう。http://www.youtube.com/watch?v=d7FNFMUtDuI

近年、文芸創作のファストフード化が叫ばれて久しい。そこで僕も、長篇と短篇の違いを食べ物にたとえて論じてみたい。長篇は生煮えでも許されるが、短篇はよく煮込んでいないと提供できない。長篇はつねに高カロリーだが、短篇にはそれに見合ったカロリーしか含まれていない。長篇は開封後、冷蔵庫でも保存が可能だが、短篇は一度開封したら、すぐにでも味わうべきものだ。（中略）長篇は空腹を満たすものだが、短篇は逆に食欲をそそる。

（『非公式の奇跡』プロローグ「なぜ短篇を書くのか、あるいはいつ長篇を書くのか」より）

短篇の強みを長篇に生かす。そのみごとな解決策がエピソード小説だ。『虫歯の虫、ネギホン』では異なるふたつの時代が同時進行していくが、これなどはボルヘスやコルタサルが短篇でよく用いた手法だ。▼40

3－4　恋の病

イワサキ作品のタイトルは、名著の題名や作品の内容にふさわしい言い回しを巧みにもじってつけられている。『ネクタイの三夜物語』は『千夜一夜物語』をもとにしたもの（恐怖を表す俗語〝睾丸が喉元までせり上がる〟のイメージが、ネクタイを締めた形に似ているという理由で使っている）。『ヘレネー、トロイアへ』は古代ギリシアの叙事詩『イリアス』に性愛の色をふんだんに加えている。『ペルーの異端審問』はリカルド・パルマの『ペルーの民間伝承』と、ボルヘスの『審問』、

『続審問』から来ている。当初『摩擦集（Fricciones）』と名づけられ、未刊に終わった官能短篇集も、ボルヘスの『伝奇集（Ficciones）』と引っかけたものだ。『リーグの悲劇的感情』はスペインの哲学者で作家・詩人のミゲル・デ・ウナムーノ著『生の悲劇的感情』から。『スペイン発見』はいわゆる〝アメリカ大陸発見〟を逆の立場から見たもの。『硬くなったパンの箱《パン・ドゥーロ》』は、ギリシア神話の〝パンドラの箱〟、『葬式道具』は〝嫁入り道具〟のもじり。『愛ゆえにあなたは凍る』は、オウィディウスの『恋愛術』、またはエーリッヒ・フロムの『愛するということ』との語呂合わせである（いずれもスペイン語タイトルの音が同じになることから）。

本書『悪しき愛の書』のタイトルが、中世スペインの偉大なる詩人、イータの首席司祭ファン・ルイスの『よき愛の書』（十四世紀）から来ているのは紛れもない。『悪しき愛の書』各章冒頭に、『よき愛の書』の引用句が掲げられていることからもわかる。また、それらの句はそれぞれの章の要約にもなっている。両作品の主な共通点は以下のとおりだ。

①自伝的小説で、風采が上がらぬ主人公の遍歴を描く。各エピソードは独立している。

▼40　この解説が書かれたのち、フェルナンド・イワサキは『*España, aparta de mí estos premios*（スペインよ、私からこれらの賞を遠ざけてくれ）』（二〇〇九年）、『*Papel Carbón*（カーボン紙）』（二〇一二年）、『*Es difícil hacer el amor* (*humor*) *pero se aprende*（セックス＆ユーモアは、難しいけど学ぶもの）』（二〇一四年）の三冊の短篇集を刊行した。またエッセイや年代記を十冊ほど出版しているが、長篇は発表されていない。

②ユーモアと嘲笑、不敬の色が濃い語り口になっている。健全な笑いを通じて人生を謳歌するよう誘う。
③官能性に富み、この世の快楽、とりわけ性の悦びを追求する人々の姿勢がうかがえる。
④主人公すなわち著者の失恋体験が話の発端となっている。

若干補足を加えると、③については先ほど、『悪しき愛の書』は性愛ではなく官能性に重点を置いた恋愛小説だと述べた。とはいえ、まったく性愛に触れていないわけではなく、第五章「カミーユ」や第十章「イツェル」に性の快楽を求める若者たちが描写されている。また④について『よき愛の書』には、愛しい女性への想いを遂げようとして失敗したファン・ルイスが、愛の神キューピットや美の女神ヴィーナス、男女の仲介をする老婆にすがり、オウィディウスの『恋愛術』を参考に試行錯誤するさまが冒頭に描かれている。一方『悪しき愛の書』には、イワサキ自身の失恋体験がどう盛り込まれているのか。青春時代の恋を回想している、彼のエッセイから見てみよう。

世間知らずだった十代の僕は、歌を捧げさえすれば、好きな女の子を射止められると思い込んでいた。(中略)威圧するのはよくないし、哀願するのも逆効果だ。冗談めかすことなく重々しくもならずに、相手を見つめ、落ち着いて肝心なことを伝える……愛の告白とは実に厄介な代物だ。だからこそ、歌がその代わりを担うようになったのではないかと思った。（中略）何年ものちに僕は、歌を捧げたところで何にもならない現実を認めざるを得なくなった。スペインのバラードの数々は、僕の恋を成就させる代わりに、人前で歌うことのためらいを取り除いてくれただけだった。

（『スペイン発見』より）

興味深いことに、小説の中（『悪しき愛の書』第十章）では、ランチェーラのセレナーデが愛の告白の役割を果たしている。但し、いかにもランチェーラらしく、愛する女性には金持ちの婚約者がいて、結局は彼女を連れ去ってしまう。

イータの首席司祭フアン・ルイスに話を戻そう。彼は神に由来する〝よき愛〟と肉欲に基づく〝狂った愛〟を対比させ、「〝よき愛〟はわれわれキリスト教徒を徳の道へと導くが、〝狂った愛〟はわれわれを神の栄光から遠ざける」と述べている。しかしながらイータの首席司祭が陽気な韻文で語るのは、ほとんどが〝狂った愛〟についてだ。一方イワサキは、次のふたつの理由から〝悪しき愛〟を語るのを好む。

①〝悪しき愛〟も〝狂った愛〟と同じく官能的だが、性愛的な面よりも（排除しているわけではないが）、センチメンタルな面を重視し、愛《いと》しき女性を理想化する（中世の宮廷におけるロマン

チックなプラトニック・ラブを思い起こさせる)。そのため〝ひと目惚れしたひとりの女性を永遠に愛し続ける〟のではなく、〝さまざまな女性たちをとことん愛する〟となる(但し主人公は最終的に、未来の妻となる女性と出会い、ひとりの女性を永遠に愛し続けるようになるのだが)。

② 〝悪しき愛〟すなわちセンチメンタルな恋による、心の苦しみや胸の痛みといった〝恋の病〟は、古代ギリシアの叙事詩から、ガルシア・マルケスの著作『コレラの時代の愛』や『愛その他の悪霊について』に至るまで、体や心の不調や病気として描かれてきた。

恋愛感情が引き起こす苦悩を最も理想化したのが、牧歌あるいは田園詩と呼ばれる文学ジャンルである。イワサキが本書プロローグでウェルギリウスの『牧歌』第八歌を引用しているのを思い起こしてほしい。『牧歌』は全部で十歌だが、『悪しき愛の書』も全十章だ(ちなみにピタゴラスは十を完全な数字とみなし、ダンテもこの考えを踏襲している)。それに加えて、イワサキはプロローグで、ガルシラソ・デ・ラ・ベガの『牧歌I』の有名な一節「わたしの嘆きの大理石よりも硬い」を引用し、第六章「アレハンドラ」でも同書に出てくるふたりの牧童の名を挙げて、「女子はサリシオのごとく、男子はネモロソのごとく」と表現している。一方、第一章「カルメン」では、男子たちが各々、自分以外の男子に好意を寄せる女の子に恋をするが、そういった恋愛上のミスマッチは、セルバンテスの『ラ・ガラテア』など、牧歌のような小説によくある筋書きだ。つまり『悪しき愛の書』は、牧歌の性質も備えているのである。

3−5 各章の構成

『悪しき愛の書』の十のエピソードは、それぞれが読み手をノックアウトできるだけの力を持つ短篇だが、各章はそこに一貫性を与え、全体を貫く緻密な芯が通っている。巻末に掲載した一覧表を眺めてもらえば、テーマやその時代の象徴的なできごとと、著者の心情・状況を関連づけるなど、細部にわたって考え抜かれているのがわかるだろう。

第一章と第二章は少年時代の逸話だ。主人公は自分と同世代、もしくは年上の女の子たちに恋したことで、ホラー映画の恐怖や失恋を体験し痛手を被る。主人公が著者イワサキの文学的資質、つまり創造力や語りの才能を備えている点が興味深い。また、相手を喜ばせるために、自分でないものを演じる習慣がすでに身につき始めていることも見て取れる。第二章ではスポーツマンになろうとする。ペルーでは〝女のスポーツ〟だとみなされているバレーボールで、女性にしごかれるという、男性優位主義《マチスモ》から考えると実に情けない状況になっている。

第三章から第五章にかけては十代後半の大学時代で、主人公は予備校で教師もしている。革命思想への傾倒や、バレエや聖職の道を選ぶなど、利益や安定よりも夢や理想を追い求める青年期特有の考え方・生き方に焦点が当てられる。

第六章と第七章は予備校教師時代のできごとだが、前章までの理想の追求とは打って変わって、流行（ローラースケート）や慣習（高校卒業時のダンスパーティー）に振り回される主人公の姿が描かれる。好きな女の子に近づくために、主人公が血のにじむような努力をするところなど、第一章と第二章に通じるものがある。一方、残りの第三〜五章と第八〜十章は、主人公は意中の女の子とすでに頻繁に会ってはいるものの、何とか振り向いてもらいたいがために、相手が望む人間になろうとしている点が共通している。

第八章と第九章は引き続き予備校と大学でのできごとだが、第十章は留学先のセビリアが舞台となっている。これらの章で主人公が好きになるのは、外国文化の中で育ってきた女性たちだ。第八章のユダヤ系女性は民族の迫害の歴史を背負い、被虐的なゲームに耐えている。第九章のフランス風の優雅さを備えたロシア系女性は、美貌と家柄で上流階級の男たちを手玉に取り、無理難題を吹っかけてはその状況を楽しむ、サディスト的な魅力を発揮している。また、第十章に出てくる亡命スペイン人を両親に持つメキシコ人女性は、左翼支持者でありながら男性優位主義《マチスモ》（と言っても腕力ではなく財力）に迎合する、矛盾した性格を備えている。

これらはイワサキのユーモアが、人間の本質や社会の規範、文化的アイデンティティを辛辣なまでに描き出している証拠である。とりわけ恋愛においては、相手の外見（背が高く金髪でハンサム）や雰囲気（押しの強さ、もしくは哀愁漂う表情）、肩書き（社会的地位、経済力、所属する集団など）や流行ばかりが重視され、人柄のよさや倫理観、他者を愛する能力には目が向けられない現実を鋭く突いている。たび重なる失恋に打ちひしがれた主人公が、最終的に行き着いたのは次のような教訓だ。

なぜこれまで僕が女の子たちに振られ続けたのか、長い長い紆余曲折の末に、ようやく悟った。それは僕がいつも、自分らしくないもの、あるいは自分がなり得ないものになろうとしたからだ。

『悪しき愛の書』は厳密に言うと、「教養小説」には該当しないのかもしれない。しかし、イータの首席司祭フアン・ルイスやピカレスク小説の路線にあることは確かだ。とはいえ、カサノヴァの著作やバジェ・インクランの「ソナタ」シリーズのような〝性愛回想録〟ではない。これは最後の最後に（色事師フアン・テノリオで有名な街）セビリアに行き着いたアンチ・ドン・フアン、フェルナンドによる〝失恋回想録〟だ。なぜなら彼は、いつの時代も〝誘惑される側の人間〟であって、〝誘惑する側の人間〟ではない。文学作品やポピュラー音楽、映画に触発されて、この不完全な現実世界で理想の女性を探し求める。そんな非現実的な行為に身を捧げた、現代のドン・キホーテとも言うべき男の物語だ。

※この解説は二〇〇六年『悪しき愛の書』スペイン版第二版・ペルー版初版に併録されたものである。

エピソード	年	主人公の年齢	物語の舞台	恋の相手の傾向	主な文化的・文学的な話題
第1章 カルメン	1971年夏	9歳	オンダブレ海岸（リマの北にある保養地）	マリソル：初恋と初失恋の相手	・ダンテ『新生』 ・ダンス
	1972年夏	10歳	映画館	カルメン：怖いものへの好奇心	・怪談 ・映画『エクソシスト』
	1973年夏	11歳			
第2章 タイス	1975-1977年	13-15歳	キリスト教系の女学校 パーティー会場	スポーツ（バレーボール）	・アタランテの逸話（ギリシア神話） ・70年代の大衆文化
第3章 カロリーナ	1978年	16歳	カトリカ大学	政治（革新的な理想）	・レトリック、政治的な駆け引き
第4章 アリシア	1979年夏	17歳	トレナ・アカデミー	バレエ	・シルフィード（北欧神話の空気の精） ・古典舞踏（バレエ・振付）
第5章 カミーユ	1979年	18歳	トレナ・アカデミー 海岸通り マルコーニ教会	聖職者志望	・フランス女性に対する固定観念 ・性欲に対するキリスト教的な非難 ・バジェ・インクラン『春のソナタ』
第6章 アレハンドラ	1980年	19歳	トレナ・アカデミー ローラースケート場	流行（ローラースケート）	・映画『ローラー・ブギ』 ・セルバンテス『ドン・キホーテ』
第7章 アナ・ルシア	1981年	20歳	トレナ・アカデミー	プロモーションでのダンス	・スタンダール『パルムの僧院』
第8章 レベカ	1982年	20歳	トレナ・アカデミー ユダヤ人コミュニティ	ユダヤ教徒 ユダヤの文化・習慣	・ウディ・アレンとユダヤ人のユーモア ・ユダヤ人大量虐殺の歴史的刻印

					・ナボコフとニンフェット（美少女）たち ・ボルヘス「死とコンパス」、「隠れた奇跡」、『エル・アレフ』
第9章 ニノチカ	1983年？	21-22歳？	カトリカ大学人文学部歴史科	ロシアの〝美しくも無情な貴婦人〟のナルシシズム、気高さ、サディズム	・ペルーの上流階級 ・ポトツカ伯爵夫人 ・プルースト『失われた時を求めて』 ・ボルヘス「ヘラクレイトスの後悔」（詩集『創造者』収録） ・トルストイ『復活』『家庭の幸福』 ・パステルナーク『ドクトル・ジバゴ』 ・ナボコフ『マーシェンカ』
第10章 イツエル	1985年1月- 聖週間	23歳	スペイン・セビリア	教養ある左翼主義者のメキシコ人女性 フラメンコ歌手の友人たち メキシコ風セレナーデ	・メキシコの亡命スペイン人 ・ドン・ファアン的な友人たち ・メキシコとスペインの男性優位主義（マチスモ） ・三角関係 ・聖週間の死と復活：ラストで主人公の〝悪しき愛〟は一旦死に、後を追った娘とともに復活する（〝よき愛〟に恵まれた栄光の人生を送る）ことを暗示している。

【著者・訳者略歴】

フェルナンド・イワサキ（Fernando Iwasaki Cauti）

1961年ペルー・リマ生まれの作家・歴史家・文献学者・評論家。長篇小説・短篇集・エッセイ・歴史書など著書多数。1989年よりスペイン・セビリアに在住。1996年から2010年まで文芸誌『レナシミエント』の編集長を務める。これまでにスペインの『エル・パイス』紙、『ABC』紙、『ラ・ラソン』紙、チリの『メルクリオ』紙、メキシコの『ミレニオ』紙ほか、スペイン語圏の有力紙に寄稿。1987年アルベルト・ウジョア・エッセイ賞を皮切りに、数々の文学賞を受賞している。邦訳に、『ペルーの異端審問』（八重樫克彦・八重樫由貴子訳、新評論、2016年）がある。
公式ウェブサイト：http://www.fernandoiwasaki.com/

八重樫克彦（やえがし・かつひこ）
八重樫由貴子（やえがし・ゆきこ）

翻訳家。訳書に、フェルナンド・イワサキ『ペルーの異端審問』、フアン・アリアス『パウロ・コエーリョ　巡礼者の告白』（以上新評論）、カルロス・フエンテス『誕生日』、マリオ・バルガス＝リョサ『悪い娘の悪戯』、『チボの狂宴』、マルコス・アギニス『逆さの十字架』、『天啓を受けた者ども』、『マラーノの武勲』、エベリオ・ロセーロ『無慈悲な昼食』、『顔のない軍隊』（以上作品社）、ハビエル・シエラ『失われた天使』、『プラド美術館の師』、『青い衣の女』（以上ナチュラルスピリット）ほか多数。

悪しき愛の書

2017年4月25日初版第1刷印刷
2017年4月30日初版第1刷発行

著　者　フェルナンド・イワサキ
訳　者　八重樫克彦、八重樫由貴子
発行者　和田肇
発行所　株式会社作品社
〒102-0072 東京都千代田区飯田橋2-7-4
TEL.03-3262-9753　FAX.03-3262-9757
http://www.sakuhinsha.com
振替口座00160-3-27183

編集担当　青木誠也
装　幀　水崎真奈美（BOTANICA）
装　画　アルフォンス・ミュシャ「四季」（1900年）
本文組版　前田奈々
印刷・製本　シナノ印刷株式会社

ISBN978-4-86182-632-0 C0097

【作品社の本】

海の光のクレア

エドウィージ・ダンティカ著　佐川愛子訳

七歳の誕生日の夜、煌々と輝く満月の中、
父の漁師小屋から消えた少女クレアは、どこへ行ったのか——。
海辺の村のある一日の風景から、
その土地に生きる人びとの記憶を織物のように描き出す。
全米が注目するハイチ系気鋭女性作家による、最新にして最良の長篇小説。

ISBN978-4-86182-519-4

地震以前の私たち、地震以後の私たち

それぞれの記憶よ、語れ

エドウィージ・ダンティカ著　佐川愛子訳

ハイチに生を享け、アメリカに暮らす気鋭の女性作家が語る、母国への思い、
芸術家の仕事の意義、ディアスポラとして生きる人々、
そして、ハイチ大地震のこと——。
生命と魂と創造についての根源的な省察。
カリブ文学OCMボーカス賞受賞作。

ISBN978-4-86182-450-0

骨狩りのとき

エドウィージ・ダンティカ著　佐川愛子訳

1937年、ドミニカ。
姉妹同様に育った女主人には双子が産まれ、愛する男との結婚も間近。
ささやかな充足に包まれて日々を暮らす彼女に訪れた、運命のとき。
全米注目のハイチ系気鋭女性作家による傑作長篇。
アメリカン・ブックアワード受賞作！

ISBN978-4-86182-308-4

愛するものたちへ、別れのとき

エドウィージ・ダンティカ著　佐川愛子訳

アメリカの、ハイチ系気鋭作家が語る、
母国の貧困と圧政に翻弄された少女時代。愛する父と伯父の生と死。
そして、新しい生命の誕生。感動の家族愛の物語。全米批評家協会賞受賞作！

ISBN978-4-86182-268-1

【作品社の本】

ほどける

エドウィージ・ダンティカ著　佐川愛子訳

双子の姉を交通事故で喪った、十六歳の少女。
自らの半身というべき存在をなくした彼女は、家族や友人らの助けを得て、
アイデンティティを立て直し、新たな歩みを始める。
全米が注目するハイチ系気鋭女性作家による、愛と抒情に満ちた物語。

ISBN978-4-86182-627-6

嵐

ル・クレジオ著　中地義和訳

韓国南部の小島、過去の幻影に縛られる初老の男と少女の交流。
ガーナからパリへ、アイデンティティーを剝奪された娘の流転。
ル・クレジオ文学の本源に直結した、ふたつの精妙な中篇小説。
ノーベル文学賞作家の最新刊！

ISBN978-4-86182-557-6

迷子たちの街

パトリック・モディアノ著　平中悠一訳

さよなら、パリ。ほんとうに愛したただひとりの女……。
2014年ノーベル文学賞に輝く《記憶の芸術家》パトリック・モディアノ、魂の叫び！
ミステリ作家の「僕」が訪れた20年ぶりの故郷・パリに、封印された過去。
息詰まる暑さの街に《亡霊たち》とのデッドヒートが今はじまる――。

ISBN978-4-86182-551-4

失われた時のカフェで

パトリック・モディアノ著　平中悠一訳

ルキ、それは美しい謎。現代フランス文学最高峰にしてベストセラー……。
ヴェールに包まれた名匠の絶妙のナラション（語り）を、
いまやわらかな日本語で――。
あなたは彼女の謎を解けますか？
併録「『失われた時のカフェで』とパトリック・モディアノの世界」。
ページを開けば、そこは、パリ

ISBN978-4-86182-326-8

【作品社の本】

ランペドゥーザ全小説　附・スタンダール論

ジュゼッペ・トマージ・ディ・ランペドゥーザ著　脇功、武谷なおみ訳

戦後イタリア文学にセンセーションを巻きおこした
シチリアの貴族作家、初の集大成！
ストレーガ賞受賞長編『山猫』、傑作短編「セイレーン」、
回想録「幼年時代の想い出」等に加え、
著者が敬愛するスタンダールへのオマージュを収録。

ISBN978-4-86182-487-6

人生は短く、欲望は果てなし

パトリック・ラペイル著　東浦弘樹、オリヴィエ・ビルマン訳

妻を持つ身でありながら、不羈奔放なノーラに恋するフランス人翻訳家・ブレリオ。
やはり同様にノーラに惹かれる、
ロンドンで暮らすアメリカ人証券マン・マーフィー。
英仏海峡をまたいでふたりの男の間を揺れ動く、運命の女《ファム・ファアタール》。
奇妙で魅力的な長篇恋愛譚。フェミナ賞受賞作！

ISBN978-4-86182-404-3

ボルジア家

アレクサンドル・デュマ著　田房直子訳

教皇の座を手にし、アレクサンドル六世となるロドリーゴ、
その息子にして大司教／枢機卿、
武芸百般に秀でたチェーザレ、フェラーラ公妃となった奔放な娘ルクレツィア。
一族の野望のためにイタリア全土を戦火の巷にたたき込んだ、
ボルジア家の権謀と栄華と凋落の歳月を、文豪大デュマが描き出す！

ISBN978-4-86182-579-8

メアリー・スチュアート

アレクサンドル・デュマ著　田房直子訳

三度の不幸な結婚とたび重なる政争、十九年に及ぶ監禁生活の果てに、
エリザベス一世に処刑されたスコットランド女王メアリー。
悲劇の運命とカトリックの教えに殉じた、孤高の生と死。
文豪大デュマの知られざる初期作品、本邦初訳。

ISBN978-4-86182-198-1

【作品社の本】

名もなき人たちのテーブル

マイケル・オンダーチェ著　田栗美奈子訳

わたしたちみんな、おとなになるまえに、おとなになったの――
11歳の少年の、故国からイギリスへの3週間の船旅。
それは彼らの人生を、大きく変えるものだった。
仲間たちや個性豊かな同船客との交わり、従姉への淡い恋心、
そして波瀾に満ちた航海の終わりを不穏に彩る謎の事件。
映画『イングリッシュ・ペイシェント』原作作家が描き出す、
せつなくも美しい冒険譚。

ISBN978-4-86182-449-4

分解する

リディア・デイヴィス著　岸本佐知子訳

リディア・デイヴィスの記念すべき処女作品集！
「アメリカ文学の静かな巨人」の
ユニークな小説世界はここから始まった。

ISBN978-4-86182-582-8

サミュエル・ジョンソンが怒っている

リディア・デイヴィス著　岸本佐知子訳

これぞリディア・デイヴィスの真骨頂！
強靭な知性と鋭敏な感覚が生み出す、摩訶不思議な56の短編。

ISBN978-4-86182-548-4

話の終わり

リディア・デイヴィス著　岸本佐知子訳

年下の男との失われた愛の記憶を呼びさまし、
それを小説に綴ろうとする女の情念を精緻きわまりない文章で描く。
「アメリカ文学の静かな巨人」による傑作。待望の長編！

ISBN978-4-86182-305-3

【作品社の本】

ストーナー

ジョン・ウィリアムズ著　東江一紀訳

「これはただ、ひとりの男が大学に進んで教師になる物語にすぎない。
しかし、これほど魅力にあふれた作品は誰も読んだことがないだろう」トム・ハンクス。
半世紀前に刊行された小説が、いま、世界中に静かな熱狂を巻き起こしている。
名翻訳家が命を賭して最期に訳した、“完璧に美しい小説”
第1回日本翻訳大賞「読者賞」受賞！

ISBN978-4-86182-500-2

黄泉《よみ》の河にて

ピーター・マシーセン著　東江一紀訳

「マシーセンの十の面が光る、十の周密な短編」青山南氏推薦！
「われらが最高の書き手による名人芸の逸品」ドン・デリーロ氏激賞！
半世紀余にわたりアメリカ文学を牽引した作家／ナチュラリストによる、
唯一の自選ベスト作品集。

ISBN978-4-86182-491-3

蝶たちの時代

フリア・アルバレス著　青柳伸子訳

ドミニカ共和国反政府運動の象徴、ミラバル姉妹の生涯！
時の独裁者トルヒーリョへの抵抗運動の中心となり、命を落とした長女パトリア、
三女ミネルバ、四女マリア・テレサと、ただひとり生き残った次女デデの四姉妹
それぞれの視点から、その生い立ち、家族の絆、恋愛と結婚、
そして闘いの行方までを濃密に描き出す、傑作長篇小説。
全米批評家協会賞候補作、アメリカ国立芸術基金全国読書推進プログラム作品。

ISBN978-4-86182-405-0

老首長の国　ドリス・レッシング アフリカ小説集

ドリス・レッシング著　青柳伸子訳

自らが五歳から三十歳までを過ごしたアフリカの大地を舞台に、入植者と現地人との葛藤、
古い入植者と新しい入植者の相克、巨大な自然を前にした人間の無力を、
重厚な筆致で濃密に描き出す。ノーベル文学賞受賞作家の傑作小説集！

ISBN978-4-86182-180-6

【作品社の本】

ゴーストタウン

ロバート・クーヴァー著　上岡伸雄、馬籠清子訳

辺境の町に流れ着き、保安官となったカウボーイ。
酒場の女性歌手に知らぬうちに求婚するが、
町の荒くれ者たちをいつの間にやら敵に回して、命からがら町を出たものの——。
書き割りのような西部劇の神話的世界を目まぐるしく飛び回り、
力ずくで解体してその裏面を暴き出す、
ポストモダン文学の巨人による空前絶後のパロディ！

ISBN978-4-86182-623-8

ようこそ、映画館へ

ロバート・クーヴァー著　越川芳明訳

西部劇、ミュージカル、チャップリン喜劇、
『カサブランカ』、フィルム・ノワール、カートゥーン……。
あらゆるジャンル映画を俎上に載せ、解体し、魅惑的に再構築する！
ポストモダン文学の巨人がラブレー顔負けの過激なブラックユーモアでおくる、
映画館での一夜の連続上映と、ひとりの映写技師、そして観客の少女の奇妙な体験！

ISBN978-4-86182-587-3

ノワール

ロバート・クーヴァー著　上岡伸雄訳

“夜を連れて”現われたベール姿の魔性の女《ファム・ファタール》「未亡人」とは何者か!?
彼女に調査を依頼された街の大立者「ミスター・ビッグ」の正体は!?
そして「君」と名指される探偵フィリップ・M・ノワールの運命やいかに!?
ポストモダン文学の巨人による、フィルム・ノワール／ハードボイルド探偵小説の、
アイロニカルで周到なパロディ！

ISBN978-4-86182-499-9

老ピノッキオ、ヴェネツィアに帰る

ロバート・クーヴァー著　斎藤兆史、上岡伸雄訳

晴れて人間となり、学問を修めて老境を迎えたピノッキオが、
故郷ヴェネツィアでまたしても巻き起こす大騒動！
原作のオールスター・キャストでポストモダン文学の巨人が放つ、
諧謔と知的刺激に満ち満ちた傑作長篇パロディ小説！

ISBN978-4-86182-399-2

【作品社の本】

逆さの十字架

マルコス・アギニス著　八重樫克彦、八重樫由貴子訳

アルゼンチン軍事独裁政権下で
警察権力の暴虐と教会の硬直化を激しく批判して発禁処分、
しかしスペインでラテンアメリカ出身作家として初めてプラネータ賞を受賞。
欧州・南米を震撼させた、アルゼンチン現代文学の巨人
マルコス・アギニスのデビュー作にして最大のベストセラー、待望の邦訳！

ISBN978-4-86182-332-9

天啓を受けた者ども

マルコス・アギニス著　八重樫克彦、八重樫由貴子訳

合衆国南部のキリスト教原理主義組織と、
中南米一円にはびこる麻薬ビジネスの陰謀。
アメリカ政府と手を結んだ、南米軍事政権の恐怖。
アルゼンチン現代文学の巨人マルコス・アギニスの圧倒的大長篇。
野谷文昭氏激賞！

ISBN978-4-86182-272-8

マラーノの武勲

マルコス・アギニス著　八重樫克彦、八重樫由貴子訳

「感動を呼び起こす自由への賛歌」――マリオ・バルガス＝リョサ絶賛！
16～17世紀、南米大陸におけるあまりにも苛烈なキリスト教会の異端審問と、
命を賭してそれに抗したあるユダヤ教徒の生涯を、壮大無比のスケールで描き出す。
アルゼンチン現代文学の巨匠アギニスの大長篇、本邦初訳！

ISBN978-4-86182-233-9

誕生日

カルロス・フエンテス著　八重樫克彦、八重樫由貴子訳

過去でありながら、未来でもある混沌の現在＝螺旋状の時間。
家であり、町であり、一つの世界である場所＝流転する空間。
自分自身であり、同時に他の誰もである存在＝互換しうる私。
目眩《めくる》めく迷宮の小説！
『アウラ』をも凌駕する、メキシコの文豪による神妙の傑作。

ISBN978-4-86182-403-6